集英社オレンジ文庫

養生おむすび「&」

初めましての具材は、シャモロックの梅しぐれ煮

髙森美由紀

本書は書き下ろしです。

養生おむすび「&」 もくじ

養生おむすび「&」

Yojo Omusubi [&]

初めましての具材は、
シャモロックの梅しぐれ煮

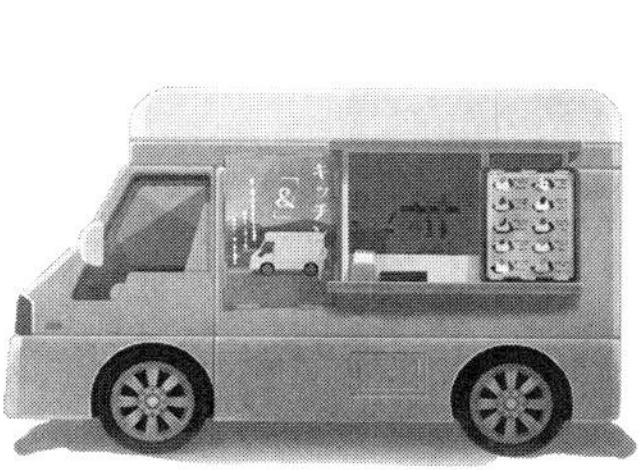

プロローグ

海を臨《のぞ》む崖の上に赤紫色のノハナショウブや山吹《やまぶき》色のニッコウキスゲが咲き誇っている。日差しが降りそそぐ青森《あおもり》県八戸《はちのへ》市の種差《たねさし》海岸は、筋目が立つ青々とした芝生が潮風になびき、眼下に広がる大海原は凪《な》いでおり、波がきらめいていた。

種差海岸と道路をはさんだ老舗《しにせ》旅館の駐車場に、白いトラックがとまっている。車体の横っ腹が大きく開き、ドアに小さく「キッチンカー『&《アンド》』」とだけシンプルにペイントされていた。

飾りけのない白一色の車体はあえて狙ったというわけではなさそうで、そのまま何も手を加えていないだけのようだ。これでキッチンカーを自称するのだから、思い切ったとしか言いようがない。貨物列車のほうがまだカラフルだろう。

キッチン部分の後ろのドアが開いていて、虫よけと思われる透明なビニールのカーテンがはためいている。

横っ腹のカウンターに置かれたメニュー表に並ぶのは、数種類のおむすび。たまたま通りかかったようなスーツ姿の若い男性が注文の品ができるのを、スマホを眺めながら待っていた。

その客越しに、キッチンカーの中でおむすびを握っている男性が見える。マスクから覗《のぞ》く目元は柔和《にゅうわ》だ。二十代半ばだろうか。そよそよと吹き込む風を受け、炊飯器から立ち上る湯気が揺れる。穏やかな日差しが湯気に反射して、店主をやわらかな光で包んでいる。くぼみが二つ並んだパックにおむすびを詰めて、ふたをし、お手拭《てふ》きとともに紙袋に入れて男性客へ渡す。

受け取りながら男性客が「最近、目が疲れるんすよねえ」と世間話を振ると、店主の男性は「ニンジンが効く。おむすびの具にしますか？」と聞く。おむすびを握っていた時の柔和さは消え、目つきは険《けわ》しく、口調は鉈《なた》でぶった切るかのようにぶっきらぼうだ。

しかし、男性客はその顔つきと口調に、不思議と引っかかることなく、表情を明るくした。

「そうなんすか。じゃあそれ、一個追加したいです」

店主はニンジンを取り出した。

途端、顔つきは菩薩《ぼさつ》のように穏やかになる。

洗って皮を剝《む》き手早く千切りにしていく。熱したフライパンに投入。ジュッと音が立つ。そこに塩昆布を散らし、フライパンを一振りしたのち、醬油とみりんをさっと回しかける。さっきまでスマホに夢中になっていた客は、今や目の前で展開される調理に釘づけだ。

店主は最後にごま油を垂らした。一気に香りが立つ。熱々の具をご飯で包み、手のひらで軽く弾《はず》ませあっという間に三角にした。一個用パックに収められたおむすびを渡す。

客は、待ちきれないようにお手拭きの袋を破ってささっと手を拭くと、受け取ったばかりのおむすびを取り出した。

真っ黒いおむすびだ。ぶ厚くてつやつやした海苔《のり》で包《くる》まれている。鼻に近づけ深呼吸する。ご飯の温かな湿り気が、いよいよ磯《いそ》の香りを際立《きわだ》たせる。

あぐりとかぶりつく。磯の香りが鼻に抜ける。口の中でご飯がほぐれる。ご飯一粒一粒がしっかり立っている。硬すぎない。もちもちした食感。ほのかに甘い。甘じょっぱい具がご飯によく合う。ご飯にごま油とたれが染《し》み込み、味に濃淡が出ている。ご飯と具の量のバランスが絶妙。

「旨《うま》いなあ……。安らぐなあ」

ミャーミャーという鳴き声が寄せては返す潮騒《しおさい》に混じって聞こえてくる。海のほうを見やると、漁船の真上でウミネコが舞っていた。

一章　シャモロックのレバーのおむすび

うみねこの声が潮騒にとけて、遠く聞こえてくる。

商品がぎっしり収まる倉庫内には、クーラーがなく、蒸し風呂状態。

出入り口のシャッターを大きく開けているが、潮風は気が向いた時だけしか入ってこない。

社の敷地を囲む植木越しに、片側一車線の道路が見える。うみねこラインと呼ばれるそこは種差《たねさし》海岸を目指す車で混み合っていた。

倉庫の出入り口付近に机を置いて、パソコンの画面上にリアルタイムで上がってくる受注品の健康器具や健康食品、日用品を用意するのが配送課のあたしの仕事だ。

配送課の部署自体は隣の社屋の一角にある。クーラーの利《き》いた部屋で課長以下がパソコンに向き合っているはずだ。あたしがその部屋に足を踏み入れるのはタイムカードを押す時と書類の受け渡しと、何かあった際の報告の時くらい。

注文が入った。

台車を押して品物を取りに倉庫の奥へ行く。

スチール棚の前に松井《まつい》さんがいた。この株式会社グレートライフを定年退職して一〇年と聞いた。夏の忙しい間だけ来てもらっている。時折、喉《のど》をえへんと鳴らしたり、咳《せき》をしたりしながらハンドスキャナーでバーコードを読み取っていた。上は半袖《はんそで》のポロシャツ、下はグレーのだぶだぶの作業ズボン。あたしもはいている支給品だ。松井さんのそれは、しっかり裾上《すそあ》げされている。

時々、社名の入ったモスグリーンのキャップを取って、白髪の角刈りをかく。かぶり直して左右にひねりフィットさせると、再び、段ボール箱のバーコードに赤い光線を当てていく。

「後ろ失礼します」

松井さんの後ろを通って、目的の水を見つけ、三ケースを台車に積む。腰を傷《いた》めないようにしゃがんで抱《かか》えること、と教えてくれたのは松井さんだ。作業着の下に腰痛《ようつう》対策のサポーターを巻いている彼が言うのだから、実践《じっせん》したほうがいい。

出入り口まで運んできたところで、ひょろりとした影が水のケースに差した。

顔を上げると、小坂紘一《こさかこういち》である。入社二年目の彼も倉庫番だが、総務課とか営業課とかいろんな部署とのつなぎをしている。あたしや松井さんと違って基本、ワイシャツにスラックスだ。

「市川《いちかわ》さん、営業に届けてきました！」

「お疲れ。んじゃ次これお願い、トラックへ持ってって」

台車ごと差し出す。印刷機から出ている伝票をちぎり、剝離紙《はくりし》を剝《は》いで貼りつけた。

「イエッサー。こっちからもお渡しします。ホームページに載《の》せる新商品の広告デザイン案が返ってきましたよ。はいこれ」

手渡されたクリアファイルには、先日提出したマットレスの広告案が納められている。社では、このように所属部署を限定せず、社員に広く案を募《つの》る。

デザイン案は、明るい白を背景とし、ど真ん中にマットレスをドーンと据え、笑顔の外国人女性がパジャマ姿で腰かけている光景。

『上質で快適な睡眠を』

フォントは押しの強いごん太ゴシック体で、色は黒。

分かりやすいと思ったのだが。

赤ペンでダメ出しを食らっている。おなじみの光景だ。

ダメ出しの内容は、「全体的に閉塞感《へいそく》がある」「圧がすごい」「安っぽい」「眠れない」

「家具売り場丸出し」「売り文句がダメ」「フォントがコンセプトに合っていない」

「こうも毎回毎回ダメ出しくると、やる気失《な》くすわ」

ファイルに戻して顔をあおぐ。ぬるくて重たい風が、気持ちをいよいようんざりさせてくる。

「再提出だそうですよ」

「はいはい。あんたの案は通ったの？」

ははははと後輩は高らかに笑った。

「まさか。それと、健康器具の在庫数、二時までにまとめろって」

「次から次へとまあ……」

管理表をはさんだバインダーを受け取った時、お昼のチャイムが鳴り響いた。

松井さんがハンドスキャナーをパソコンの横に置いて、倉庫から出ていく。

「あ、松井さんご飯ですか？　いってらっしゃい」

声をかけると、松井さんは遠ざかりながらえへん、と咳払いした。そうだと言っているのだろう。倉庫横にとめた軽トラに乗って、うみねこラインへ出ていった。

昼になると社員は、近所の食堂に行くか、買ってきたものや持参したものを休憩所か車中で食べる。松井さんは車で食べるのか、それともここから一五分らしい家に帰って食べるのか。

見送ったあたしは、管理表を二度見する。

「えちょっと待って、今二時って言った？　お昼食べれないじゃん」

「ですね。じゃ、ぼくはこれ、トラックに預けたら飯に行ってきます」

素早く身をひるがえした小坂のシャツを、むんずとつかむ。

「違う違う。あんたも手伝うのよ」

小坂が至極《しごく》迷惑そうな顔で振り向いた。カップ麺にお湯を注ぐや否《いな》や客が来たみたいに。

「えー。それぼくの仕事じゃないです」

「あたしの仕事でもないよ。ここの部署の仕事だよ。それであたしたちはここの部署にいる」

「松井さん、タイミングいいなあ」

「あたしたちのタイミングもまだ捨てたもんじゃないよ。そこのハンディに松井さんが途中まで在庫入力してくれてたから」

「はあ……」

ぐう。

小坂のため息とあたしの腹の音が重なった。

「祐実《ゆみ》先輩、あんたのこと、仕事ができるって買ってたよ」

あたしは後輩の気を引き立てる。

「えっマジすか」

急に顔を輝かせる小坂。

富沢《とみざわ》祐実先輩は三十代半ばで、新入社員の教育係も任されていた。面倒見のいい、頼りになる先輩だ。うなじのところで黒い髪の毛をお団子《だんご》にまとめている。櫛目《くしめ》が美しい。背筋がピンと伸びてヒールをかっこよくはきこなす。こなすといえば仕事もバリバリこなし処理能力も高い。この会社の全ての課を経験してきている。現在は商品課に配属されて、下に厳しく上に媚《こ》びへつらう同期の男性課長に煙たがられている。

小坂は「さっさと終わらせましょう」と張り切ってハンドスキャナーを手にすると、颯《さっ》爽《そう》と倉庫の奥へ入っていった。

あたしは肩に届かないくらいの髪の毛を後ろでギュッと縛った。

スキャンを開始し間もなく、空腹に耐え切れなくなり、ポケットから栄養補助食品のブロックを取り出す。銀の包装紙を剝《む》いてかじる。ポクポクかじっていると、小坂が目ざとく気づいた。

「あ、また食ってる。そうしょっちゅう食ってて体は大丈夫なんですか。てかずるい。仕事してくださいよ」

「サボってるわけじゃないよ。あんたにもあげる、ほら」

「いりません」

スキャンを進めていると、倉庫の前を配送課の面々がお財布を手に通っていくのが目に入ってきた。

「あれ、市川さん。もうお昼だよ」

「食べないの？」

「市川さんは仕事がありますから」

小坂があたしより先に答える。

あたしと目が合った小坂は、

「なんですか。飯より仕事です」

キリッと顔を引き締めて通告してきた。彼女たちは「あら〜、かわいそう」「がんばって」とにこやかに手を振って駐車場に向かっていく。

彼女らを見送りながら、どのみち断るのだから小坂に断ってもらってよかったのだ、と思う。

そう思ってもどこか割り切れない。栄養補助食品のブロックをくわえてハンドスキャナーをピッと鳴らす。

何人かで食事をするのは苦手だ。あたしに白い目を向けてくる人が必ずいる。食べきれず料理を残してしまうあたしが悪いのだからしょうがない。

人間関係を円滑にするために会食は重要なのに、あたしの場合は悪化させてしまうのだ。せっかくの料理を残してしまうのはもったいないし、もちろん、店側からの印象も悪い。特にカウンター席なんて最悪。針の筵《むしろ》とはカウンター席のことを言う。再度その店の味を楽しみたくても残した手前、すぐに訪問できない。忘れられた頃に行く。ただし、その時には店がなくなっている場合もある。

人んちでご飯をよばれるのも、極力辞退している。

新入社員歓迎会なんて地獄だった。

食え食えと勧《すす》められ、相手の気分を害すわけにいかないその一心で無理矢理詰め込んだらトイレに駆け込む羽目になったのだ。相手の気分をしっかり害してしまって、長い間、会社でも居場所がなかった。配送課の倉庫送りになったのもそのせいじゃないかとにらんでいるが、何でもかんでも小食のせいにしていたら、今にポストが赤いのも小食のせいにしそうで怖い。

すぐにお腹《なか》が空《す》くし、ちょこちょこ食べているとサボっていると思われるし、痩《や》せもしない。歯医者の常連になる。飲み会の割り勘に腹が立つ。彼氏ができてもしばらくすると食事が原因で終わる。酒に弱い——あ、これは小食とは無関係か。

つくづく小食でいいことなんて一つもない。

松井さんが一時五分前に戻ってきて続きをスキャンしようとしたので、そこは今終わりましたと報告したら、キョトンとしたのち、軽めにエェンッと咳払いして残りの棚のスキャンを進めてくれた。

在庫が分かればあとはデータをまとめるのは一人でできる。

小坂を昼休憩に行かせ、課長にデータを提出した頃には、午後二時を回っていた。

足音が近づいてきて振り向くと、小坂だ。茶色い紙袋を提《さ》げて、口の横にご飯粒をくっつけている。

「あれ、市川さんもう飯食ったんすか」

「まだ。今データ提出したとこ」

手を組んで伸びをする。

小坂はスチールの椅子に腰かけるとスマホを机に置き、動画を流しながら袋からフードパックを取り出した。ふたを開ける。おむすびが二つ並んでいる。真っ黒だ。こっちにまで海苔《のり》の香りがしてきた。胃がキュウッとよじれる。思わずつばを飲み込む。

小坂は一つを取り上げると口を大きく開けた。かぶりつこうとしたところで、あたしを横目で見た。目が合う。

猛獣に命乞いをするように、そろそろとおむすびを差し出してくる。

「……食べます……?」

あたしは、前のめりになって凝視《ぎようし》していたことに気づいて、すんでのところで理性を取り戻すと「いや、いい」と遠慮した。小坂は頰を緩《ゆる》める。カピバラに似ている。

「よかったー。市川さんにあげたら残り一個になっちゃいますからね」

「あんた、カピバラのくせ……よくそんな天真爛漫《てんしんらんまん》に残酷なこと言えるよね」

「おむすび一個じゃそりゃ残酷ですよ」

「そっちの意味じゃないし、ここに戻る前にすでに食べてるでしょ」

「なんで分かったんですか?」

「なんで分からないと思ったんですか?」

小坂はあたしの視線をたどって口の横に手をやり、何食わぬ顔でご飯粒を取ると口に入れた。

「そのおむすび、結構大きくない?」

「ああ、確かに大きいですね。コンビニのよりは。ひと口じゃ無理そうですもん」

「コンビニのでも普通の人間ならひと口では無理なんだよ。それが人間ってもんなんだよ。てことは、コンビニのじゃないの？」

「食堂に行こうとして種差海岸を通りかかったら、キッチンカーがいたんですよ」

「え、ほんと？　珍しい」

「店主は二か月目って言ってましたよ。接客も調理も一人でやってました。接客中はとっつきにくさ全開って感じでしたね。あれじゃあ確かにお客さんがいなかったのも納得です。だけど、おむすびが旨《うま》そうだったんで買ってみました」

テイクアウトなら、残して店主の気を悪くするということもあるまいし、食べきれなかったとしても社の冷蔵庫に入れといて、持ち帰って食べればいい。

「あたしもそこ行く」

愛用の軽乗用車で、種差海岸までは四分。ちょっとは歩いたほうがいいのだろうが、面倒だし空腹で体力も気力もない。実家の父なんて二〇〇メートル先のコンビニにも車で行っていたが、それは父だけじゃない。近所の人たちもそうだった。田舎《いなか》では冗談でも比喩《ひゆ》でもなく車は足だ。なんて、田舎一般論を持ち出して自分を甘やかす。

種差海岸は賑《にぎ》わっていた。

木造っぽい外観のインフォメーションセンターがある。幟《のぼり》が心地よさそうに波打っている。

取りこぼしなくきっちりさっぱりと刈られた青々とした芝生が、渡ってくる潮風になでられていた。

その広い芝生を下った先に、白い砂浜が広がる。

水平線を眺める。照り返しが眩《まぶ》しい。ミャーミャーという声が降ってくる。見上げれば空を舞ううみねこだ。風に翻弄《ほんろう》されているようにも遊んでいるようにも見える。国内最大のうみねこ繁殖地である蕪島《かぶしま》が近いのだ。

スコーンと抜けた広大な海を前にすると、どこかに行きたいなあと思う。仕事に不満があるわけじゃないけど、灰色で空気が淀《よど》み切った倉庫からカラフルで風が吹く外に出るたび、条件反射のようにそう思う。にしても、お腹減ったなあ。

見回したところキッチンカーはどこにも見当たらない。柵をまたいで、草刈り機を動かしているおじさんにたずねると、つい今しがた帰ったと言った。

うみねこラインを行き交う車の流れを眺めながら、コンビニのロゴのシールが貼られたセロハンを剥いてかぶりつく。

注文が減る三時過ぎは、ゆっくり食べられる。

小坂が台車に五〇個入りのトイレットペーパーをひと箱乗せて、奥から出てきた。パソコン横の電話から受話器を取り上げて番号を押す。受話器を耳に当てると、こっちに視線を投げかけてきた。

「仕事終わるまであと二時間ですよ。今食べなくたってよくないっすか」

「この先二時間のためじゃなくて、これまでに空いたお腹の空白を埋めるため」

「至言《しげん》っすね。何のおむすびすか?」

「え?　これ?　何だっけ……」

セロハンに貼られたラベルには、作り物みたいな小さい梅の写真が載っている。小坂にパッケージを見せて、梅、と答える。小坂が小さく嘆く。

「何か分かんなくて食ってんすか。……あ、お世話になっております。株式会社グレートライフの小坂と申します」

相手が出たようで、さっと口調を改めた。

何か分かんなくたって食べるよ。だって、まずは食べきれるかどうかが選択基準なのだから。中身は二の次だ。食べたいものも二の次三の次。

あ、間違えましたすみません。え、メールもそちらに届いてしまってましたか重ねてすみません、と間違い電話と間違いメールを重ねて謝る小坂の声を聞きながら、おむすびをかじっていって、具にたどり着いた時、耳の下を刺されたような酸っぱさが口の中に広がった。酸味に加えて薬臭《くさ》さも感じる。

慌《あわ》ててペットボトルの緑茶を一気飲みする。顎《あご》をさすり、一息つく。

五時少し前に交代社員が出勤してきて、あたしは倉庫から解放される。日曜日は社員全員休みだけど、シフト制だから土曜出勤もあったりする。残業はめったにない。

配送課のフロアに行ってタイムカードを押し、一階に下りてくると、ロビーで配送課や別の課の女子が数人固まっていた。カラフルだ。倉庫とはえらい違いだ。

「お疲れ様ですー」

と、挨拶《あいさつ》して通り過ぎかけた時、

「お疲れですー、市川さんも飲み会行きます？」

と配送課の一つ下の子に声をかけられた。

「飲み会っていうか、合コンですけど」

彼女たちの服装は、確かにいつもより華やかだし、スカートは短いし、目の周りのメイクもキラキラしているし、まつ毛は盛っている。パンプスはいつもよりピカピカしていてヒールは高い。

「ああ……うーん、あたしはいいや。でも誘ってくれてありがとう」

そう遠慮すると、彼女たちの間にそこはかとなく、蔑《さげす》みと安堵《あんど》の入り交じる白けた空気が漂ったのを感じる。

「お疲れ様でした」

もう一度そう挨拶して、あたしは立ち去る。背中に、彼氏とかいるのかな、いなさそー、それ気の毒、という、声量を抑えた揶揄《やゆ》が聞こえた。

自分のスニーカーの音がでかくなる。スニーカーでも地面を強く蹴れば、パンプスには及ばずとも、それなりに音は出る。べふべふべふ。

駐車場の軽自動車に乗り込んでドアを閉めた。一人の空間になって「じゃかましわ！」と怒鳴る。

彼氏はいない。つき合ったけど二、三か月くらいで別れた。その際に聞かされた言葉は耳にこびりついている。

「今まで黙ってたけど」という地味に傷つく枕詞《まくらことば》に続いて「オレ、食いもの残すやつとかやっぱ無理だわ。チビチビ食いもマズそうに見えるし。一緒に飯食っても楽しくない」と。

逆の立場ならあたしもそう思う。でもあたしだって好きで残しているわけじゃない。食べられるものなら全部食べたい。その心意気だけはある。でも心意気だけで胃はでかくなるものではないらしい。どうにもならない。なかなか分かってもらえない。

あれは小学校の頃だった。将来は関取だと期待されるような体形の柴田《しばた》という男子が同じ班にいた。普段は不愛想だが、調理実習と給食の時間に限ってはとっても幸せそうな顔になる。

班のメンバーは他に、小柄でお調子者の猿賀《さるが》、クラス委員の泉山《いずみやま》さん。

そのメンバーでの調理実習だったと思う。

献立《こんだて》はレバニラ炒《いた》めがメインの一汁三菜《いちじゅうさんさい》で、それぞれが分担して調理をしたあと、実食となる。

あたしは苦手なレバニラを横目に、お腹の空き具合を見ながら、もそもそとご飯を口に運んでいた。

すると、隣に座っていた泉山さんに、

「かわいく見られたくてそういうふうに食べてるの？」

と、白い目を向けられた。

そう言われて無性《むしょう》に情けなくなってきたあたしは、次々と口に詰め込む。涙がにじんだ。

「顔パンパンで、ハムスターみてぇになってるぞ、ブス」

柴田から屈辱的な言葉を投げつけられる。

あんたなんかオールシーズン顔パンパンじゃないかと言い返してやりたいが、できない。口はふさがっているし、何より柴田はある意味あたしのヒーローだったから。それは。

「お前、レバニラ嫌いなのか」

柴田が、そっくりそのまま残っているレバニラに目を向ける。

「寄越《よこ》せ」

関取ヒーロー柴田は、ぽっちゃりした手でレバニラの皿を引き取り、平らげてくれた。あたしは口の中のものを何とか飲み込んで、ありがとう、と礼を言う。返事はない。いつものことだ。

泉山さんは、ズルは許さない、と、怒り心頭で、食べてもらったあたしを糾弾《きゅうだん》し、先生に訴えもしたけれど、先生は食べられる分だけ食べればいい、何も死に物狂いで食べなくてもいいと言ってくれた。

ただし、食べてもらって一件落着、と単純に割り切れなかったあたしは、ズルい手を使ってピンチをすり抜けた罪悪感から生ごみ捨てや、食器洗いなんかは率先してやった。それで何とか一つ、ご勘弁をという目論見《もくろみ》もあった。

こんなふうに、子どもの頃から誰かとの食事に関して、いつも窮屈《きゅうくつ》だ。量を検討し、周囲の目も気にし、疲れる。頭も使わず気も遣《つか》わず、罪悪感を抱かず食べたい。

グレートライフからアパートまでは車で一〇分ほど。途中、コンビニに寄って帰ってきた。一フロアに三世帯ずつ入る三階建ての二階の角部屋があたしの部屋。

部屋には熱がこもっていた。小さなキッチンにコンビニの袋を置き、シンクの向こうの窓を開け、居間兼寝室の西日の差す窓も開ける。冬が長い北国では西側に窓をつける建物が多いと聞いたことがある。青いレースのカーテンだけを閉めて風が抜けるようにする。

冷蔵庫からレモンティのペットボトルを取ってコップに注ぎ、口をつける。喉が渇《かわ》くと、水よりソフトドリンクやお茶を選んでしまう。水は、味があるものと違ってすぐにお腹が膨《ふく》れる気がするから。

あ～やれやれと椅子に座り込んだ。一旦腰を下ろすと立つのが億劫《おっくう》になる。仕事がつらいわけじゃないのに、一日が終わるとぐったりする。ここからは、お風呂と食事以外何もしたくない。

調理台の上の鍋にあたしが薄らぼんやり映っている。

一人暮らしをする時に買い揃《そろ》えたものの、ほぼ使っていない。

使ってなくてもくすむもんなんだ、と半ば感心する。

だるい体を無理矢理立ち上がらせてコップをすすぐ。

買ってきたものの中から、要冷蔵とそれ以外に仕分けして、それからシャワーに行く。

さっぱりして居間に戻ってくると、ローテーブルの上でスマホが点滅していた。留守電の再生アイコンをタップする。

『あ。あたし』

少しぶっきらぼうな口調のこれは、隣町にいる母だ。

耳に集中しながら、冷蔵庫からレモンティのペットボトルを取る。

『茉奈《な》。野菜はちゃんと食べてら？　こっちじゃニンジンだのトマトだの枝豆だのがわんさか生ってらよ。取りに来なさい。野菜は大事だべ。肉だのお菓子だのばっかり食べてちゃダメだよ。あんた食が細いすけ、余計にバランスよく食べにゃ。ほら、春に二十日大根《はつかだいこん》生った時は取りに来ねかったべ。あんたが来ねすけ、ご近所さんさ分けたんだよ』

母は家の前の小さな菜園で野菜作りを楽しんでいる。本当はご近所さんに配るのが誇らしいのだ。

多分、今回もご近所さんに分けることになるだろう。レモンティをコップに注ぐ。

母の愚痴とも説教ともつかぬ話を聞きながら、ローテーブルに買ってきたお惣菜《そうざい》を広げる。

肉団子、春巻き一本、タコのバジルサラダ。

なーにが合コンか。こうして一人で食べるほうが自由で気楽じゃないか。ちょうどいい量を食べられるし、万が一残したとしても誰にも咎《とが》められない。人の目を気にせず伸び伸び食べられるんだから。なので、手のひらサイズのお惣菜パックはあたしにとって神だ。

これでも大学時代は自分で作っていた。ちょうどいい量を売っているとは限らなかったから。日々の食事ばかりか、お菓子も。お菓子はできたてが食べられることもあり、よく挑戦した。

一時、食べてくれる人ができた時も勇んでごちそうした。自分を基準に二人前作ると足りなくなるので、多めに作った。大体において一人分作るより二人分作るほうがおいしい。たいていは余ることとなく平らげてもらえたし、たとえあたしが食べられなくたって相手が食べてくれる。それは心強く、おかげで伸び伸び作れたし、次作の励みになった。

しかし、その相手と別れて一人になり、食材のロスが出るようになると次第に作らなくなった。鍋はくすみ、あたしはお惣菜を買うようになった。

かじった肉団子をしげしげと検分する。これ、何の肉だろう。というか、そもそも肉なのだろうか。とりあえず、レバーではないことは確かだ。

購入は便利だけど、妥協《だきょう》しなければならない点が出てくる。

まずは味。次に香り。さらには素材。調味料。季節感。見た目。栄養。妥協に次ぐ妥協。譲れるところは譲り、最後に残るは量。食べきれるか否か。そこを見定めるため、購入時には毎回身構える。

さっきも、コンビニの棚に並んでいたどら焼きを手に取ったものの、その重さが手首にかかるや否や、気持ちが萎《な》え、結局棚に戻した。

食べきれなくて保存したものはパサパサになるし、香りも飛び、ベタベタし、油が浮く。大のおとなをぶっちぎりで悲しませるに足る威力を放つことになるから。

母は留守電の録音時間が切れるとすぐにまた続きを吹き込んで、ご近所さんとのやり取りや、公園の掃除当番のことや、卵の値上がり、アルバイトで実家暮らしの弟の心配ごと、父が取りつけた棚が落ちたことなどを語る。

座椅子に後頭部を押しつけて母の声に耳を傾ける。

何度目かの留守電のあと、気がすんだのか、母が「じゃあね。野菜取りに来なさいよ」と念押しして、電話はぷつりと切れた。

途端に、しんとする。

蛍光灯の明かりに、一口ずつ箸《はし》をつけた一人分のお惣菜が白々と照らし出されている。

おなじみすぎる光景にすっかり違和感がなくなっていたが、ふと、このままじゃずっと「自由で気楽な一人飯」なのかも、と思う。それでいいと、たった今納得したのに、思いがけなくひやりとした。

蕪嶋《かぶしま》神社近くにある企業に見積書を出し終え、帰社するべく国道四五号線を南下する。途中、昼食を求めてコンビニに寄った。

ところが一時を回っていたからか、弁当コーナーもパンコーナーもハゲタカの襲来を受けたようなあり様だった。残っているのは「ご自由にどうぞ」の醬油《しょうゆ》くらい。

諦《あきら》めて、目についた個包装になっているチョコレートをレジへ持っていった。

車に乗り、うみねこラインをさらに南下する。

そういえばキッチンカーって今日は来てるのかな。

青々とした芝生が風にそよぎ、その向こうに煌《きら》めく大海原が広がる種差海岸まで来た。

辺りを見回すと、旅館のそばにトラックがとまっているのに気づいた。

こげ茶色のエプロンをして同色のキャップをかぶった背がすらりと高い男性がトラックのウィングを閉じて、掛け金をしている。

よく見るとボディに「キッチンカー『&《アンド》』」とペイントされている。

車体は素材を大切にしているというか、シンプルに徹しているというか、もはや何もされてないというか。白。よく見ないとキッチンカーだと分からない。運送業者と間違われないのだろうか。

とにもかくにもキッチンカー。商品が残っているかもしれない。

なけなしの期待を込めて、舗装のひび割れた駐車場に入った。

車体から伸びるコードに沿って旅館に足を向ける彼の背に声をかける。

「あのぉ……恐れ入りますが」

声をかけると、男性が振り向いた。歳はあたしとそうは変わらないように見えるけど、マスクをしているから判断は怪《あや》しい。黒目がちの二重《ふたえ》の目があたしをとらえる。

「はい……」

眉が寄った。小坂が言っていたように、とっつきにくそうだ。引き上げようとしていたところに客が来たから腹が立ったのかもしれないが、それを表に出すあたり、これじゃあ、小坂が言うように確かにお客は来ないだろう。大体、ＢＧＭもかかってないし。幟《のぼり》もない。味も素《そ》っ気《け》も商売っ気もない。

「何」

うわあ、ぶっきらぼう。気持ちは引いたが、あとには引けない。

「そのぉ……もう店じまいですよね……。残っているものはありま」

「ありますよ」

「ですよね、それじゃあ残念ですが……え？　あるんですか？」

店主の男性は、リアドアからひょいとトラックに乗り込んだ。

車内のキッチンは、あたしのアパートのそれと同じくらいの広さ。天井も低め。でも洞穴とか隠れ家みたいで子どもの頃にワクワクした感覚がよみがえってくる。

通路は、大人二人が体を横にすればすれ違えるくらいの幅。

リアドア付近の左手には、手前からストック品の棚、商品受け渡しのカウンター、カウンターの前にはコールドテーブル、炊飯器、電子レンジがある。どん詰まりの天井付近で換気扇《かんきせん》が回り、クーラーが稼働している。クーラーがあるなんてうちの倉庫より快適。

右手にはごみ箱。二層の流しと、その下にポリタンクやコンロがコンパクトに収まっている。天井付近のちょっとした隙間にラップや容器の収納棚があって、走行中も転がり落ちないようにゴムのストッパーが渡されていた。ピカピカに磨かれた包丁が壁にマグネットで貼りつけられている。必要最小限の動きでこと足りそう。ものすごく機能的だ。

店主はマスクをし直すと、クリアファイルにはさんだだけのメニュー表をずいっとつき出してきた。

あたしが受け取るやいなや、店主はさっさと流しで手を洗い始める。

帰り支度しているところを引き留《と》めたのだし、ここは自分の要望より店主の作りやすいものを頼んだほうがよさそう。

「あの、お勧めがあればそれをお願いします」

店主がキロリとこっちを見た。

あたしは半歩あとずさる。

店主が目を眇《すが》め、あたしの顔をじろじろ見る。

あたしはメニューに視線を落とす。全部がお勧めなんだよと怒鳴り散らされるかもしれない。まな板で頭をはたかれて包丁で刺されるかもしれない。それくらいは朝飯前って目つきだ。頭頂部がじりじりと焼かれているような気がする。決して夏の日差しではない。これは店主の鋭い眼光だ。焼け焦《こ》げ、禿《は》げる前に早く頼まないと。

「アレルギーは?」

「ないです。ええとそれとは別に……」

大きさをリクエストしても大丈夫だろうか。

「小さめ?」

あたしは顔を上げた。店主は切れ味抜群の眼差《まなざ》しであたしを射貫《いぬ》いてくる。喧嘩売ってるのか。だんだん腹が立ってくる。

「普通でいいわけ？」

「小さめでお願いします！」

店主は怒鳴らなかったがあたしが怒鳴ってしまった。が、店主は顔色一つ変えない。天井近くの収納棚からビニール製の薄い手袋を引き抜くと両手にはめた。途端。

あれ。

まとっている雰囲気が変わった。丸みを帯び、和《なご》やかで安定感がある。

さっきまでの、視線で射殺《いころ》さんばかりの——もちろんストレートに悪い意味で——鋭さはなく、二重の目は穏やか。眉間《みけん》のしわは消え、逆に目尻には優しいしわが集まっている。

何が起こったんだろう。あと片づけを邪魔された腹いせに毒でも仕込むつもりで溜飲《りゅういん》が下がったのだろうか。

変なものを食わせられちゃかなわない。しっかり見定めなきゃ。

彼の手元がよく見えるように背伸びをする。

陽炎《かげろう》のようなものが立ち上り始めたフライパンに何かを一さじ投入。ジュワッと音が立ち、煙も立つ。それが、彼の転化された怒りに見えてきて、あたしのほうは芯から肝《きも》が冷えていく。

店主は黙々と、調味料を回し入れたり振りかけたりフライパンを揺らしたりする。腕の残像が見えるほど速い。鉄同士がぶつかりこすれ合う音があたしを責めているように思えてくる。だが、顔や雰囲気は和やかなのだ。やはり怒りを全て鍋に投入しているから本体は穏やかなのか。

甘辛《あまから》いたれがこげる香ばしい煙が流れてくる。

取っ手のついた大きな炊飯器のふたを開ける。力強い湯気が立ち上る。炊いたお米が大量に余ってしまっているようだ。

店主はもうもうと立つ湯気ごと光り輝くご飯をボウルに移し、それをさらにもう一つのボウルに移す。ボウルもしゃもじも木製だ。その二つが触れ合う音が、丸みを帯びていて耳に心地いい。

ご飯を手のひらに取る。半分そぎ落とした。あたしに見せ、量を確認させてくれる。あたしは頷《うなず》く。

店主はフライパンから具をすくってご飯に乗せると、軽やかにキュッキュッキュッと三回結ぶ。分厚い海苔を巻いて紙のパックに収めた。

それを茶色い紙袋に入れ、眼前にズイッとつき出してくる。危うく顔面で受け止めそうになり、すんでのところで躱《かわ》す。

店主は見積書を読んでるみたいに険しい顔だ。雰囲気も厳しい。調理中の穏やかさと笑顔はどこに行ったのか。切り替わりの早さについていけず、頭がバグる。ひょっとしたら、穏やかに見えたのは空腹による幻覚だったのかもしれない。

「シャモロックの梅しぐれ煮」

棒読みで言われ、何が、と食ってかかりそうになったが、そうかおむすびの具のことを言っているのだと閃《ひらめ》いたのは奇跡に近い。

「シャモロック？」

聞き返すと彼のこめかみがピクリとした。

「青森県の地鶏《じどり》」

「そういえば、聞いたことあります……メニューにないですよね」

改めてメニューを確かめたが、どこにもない。

「疲れてるようだったから、体力回復できそうなものを作ってみただけ」

洗いものに移った店主が言った。あたしはぽかんとする。

こっちのことを考えてくれていたとは予想だにしなかった。

何しろ、出会ってからわずか数分足らずで、ろくでもないやつ、の評価を下したのである。ろくでもないやつと決めつけて悪かった。あたしのほうがろくでもないやつになっていた。

「ご、ご親切にどうもありがとうございます」

疲れてるというか空腹が極限状態に達していただけなのだが、端《はた》からしたら疲れているように見えたのかもしれない。表に現れていたとは恥ずかしい。

「別に親切ってわけじゃない。あんたが『お勧め』を頼んだからだ」

店の人に「あんた」呼ばわりされたのは生まれて初めてだ。またぞろ腹が立ってきたが、そうしたらさらに腹が減りそうで、限界値に達している今のあたしにとっては、腹一つ立ててるのも命がけになる。深呼吸して何とか怒りを収める。

「ちなみにそれレバーも入ってるから」

店主の目が光ったように見えた。

あたしは紙袋に視線を落とす。今にも匂ってきそうだ。

「レバーは少しの量で充分な栄養を摂《と》れる優秀な食材だから」

御高説ありがとうございます。知ってはいたけど苦手なものは苦手だ。しかし、お勧めを頼んだ以上、受け取るしかない。それに、不愛想極まりない店主の思いがけない心遣《こころづか》いもありがたいし。ぐうう……。腹は鳴るし。

「おいくらですか」

平静を装《よそお》ってたずねる。

「一八〇円」

シンプルを極めた返事。何も足さない、何も引かない。

「他のと同じ値段のようですが、いいんですか？　工夫していただいたのに」

店主は無言。無表情。

あたしは小銭をカルトンに乗せる。

ありがとうございました、と言ったのはあたしで、店主はすでに奥に引っ込んだあとだ。

あたしは車に戻らんと踵《きびす》を返す。

目の前には種差海岸の芝生と海が広がっている。心地いい風が吹いてくる。うみねこが機嫌よく鳴きながら風に舞っている。

それを前にしたら、足は車ではなくすぐそばにあるベンチに向かっていた。お使いが終わったからといって、とんぼ返りで戻ることもあるまい。

木製の古いベンチに腰かけ、パックを開ける。レバーは苦手だけど現時点では匂ってこない。海苔ですっかり包《くる》まれているからだろうか。防臭《ぼうしゅう》効果があるのかな。聞いたことないけど。

おむすびを取り出す。ちょうどいい大きさだ。ためつすがめつしながら、これを機に苦手を克服できるかもしれないし、と目いっぱい前向きに考え、覚悟を決める。

「いただきます」

かじった。

磯の香りが鼻に抜ける。湿った海苔は予想以上に分厚く、かみちぎろうとしてもなかなかかみちぎれない。昔、遠足や運動会の時に食べた母のおむすびと似ている。パリパリじゃない海苔。老舗乾物屋から買った由緒《ゆいしょ》正しい海苔とその海苔の湿った感触が懐《なつ》かしい。

ご飯は硬め。お米は粒が大きく、ふっくらと立っていて甘い。口の中でご飯がほぐれていく。

二口、三口。

気づけばレバーに達していた。かじったところをまじまじと見る。濃い目の甘辛いたれが具に絡《から》み、ご飯に染《し》みている。覚悟していたほど臭《くさ》みはない。ショウガや梅の爽《さわ》やかさのほうが勝っている感すらある。

梅は作り物じゃない。やわらかい食感で、酸味が優しい。フルーティですらある。「本物」だ。具とご飯の量のバランスが絶妙。味の濃さや辛さと甘さの塩梅《あんばい》もちょうどいい。

あまりのおいしさに一気に食べ進めたい衝動をこらえ、ゆっくりと味わう。

海を眺め、うみねこの声と潮騒《しおさい》を聞き、おむすびをかじる。そうか、ここではＢＧＭがないほうがいいのだ。

肩越しにキッチンカーを振り向けば、顔を伏せて作業している店主の姿。

考えてみれば、あたしだって悪かった。

仕事終わりに声をかけたのが間違いだったのだ。あたしだって休憩時間に仕事を押しつけられればイラつくのに。なぜ自分の身に起こることは許せなくて、他人には強《し》いてしまえるのか。自分が信じられない。

口の中でほぐれるおむすびを食べ終わる頃には、すっかり気持ちもほぐれていた。

まだそこにとまっているキッチンカーに近づく。店主は珈琲《コーヒー》ドリッパーに粉を振り入れているところだった。

「あの」

帰り際《ぎわ》に作ってもらったことに感謝して、「おいしかったです」と伝える。

彼は手を止めてこっちを見た。やはり顔が怖い。こんなにおいしいおむすびなら絶対売れるのに、不愛想で損をしている。

「レバー、臭みがなくて食べやすかったです。ありがとうございました」

店主はまじまじとあたしを見たあと、帽子をかぶり直す。

「レバーの処理を徹底的にやってる。とことん洗って牛乳にしばらく浸《つ》けるとかな。香りの高い海苔とショウガと梅干しも臭み消しに一役買ってるはずだ」

少し口調がやわらかくなった気がして、あたしはさらに伝える。

「手間がかかってますね。この梅はやわらかくて酸味がまろやかで食べやすいです」

「祖母が漬けてる」

「祖母……」

手作りなのか。この人の口から「祖母」というほのぼのとした言葉が出てくるとは想像していなかった。どんなおばあさんなんだろう。

「ご飯の塩加減も絶妙です」

「三陸《さんりく》の海水を薪《まき》の火で煮詰めた塩を使ってる」

「へえ。甘い感じがします」

「その塩は米の味を引き立てるんだ」

ふいに、店主の顔がゆがむ。目が細くなって二重が際立《きわだ》つ。もしかして笑ったのだろうか。そうでなければ腹が痛いとか。

「レバーって聞いたら、つっ返してくるかと思った」

「苦手な人多いですもんね」

「てか、お前が」

カチン。

さすがに客に向かって「お前」はないだろう。

店主は、ムッとしたあたしにかまわず珈琲を淹《い》れ始めた。

あたしは抗議しようとした。が、怒りで頭がむくんで言葉が上手《うま》く出てこない。

伊達《だて》に社会人四年やってるんじゃない。アンガーマネジメントくらいはやってる。

深呼吸をして怒りを抑える。一、二、三、四、五、六、と数える。腹の立つことなんて誰にだってあることだ。

腹が立つことからは、物理的に離れるのだ。そのまま踵を返して車に向かう。べふべふべふと足音が立つ。

車に乗り込みエンジンをかけた。シートベルトをしてアクセルを踏み込む。

店主のつっけんどんな態度が頭にこびりついている。重ねて「お前」呼ばわりも。

ブレーキを踏んだ。

深呼吸。
一、二、三、四、五、六。
腹の立つことなんて誰にだって——。

「あるかーーい！」

あたしはシートベルトをむしり取ってドアを蹴破る勢いで開け、飛び出した。キッチンカーにまっしぐら。

店主はマスクを下げてカップに口をつけている。

突進した勢いのままカウンターに両手をついた。バアンと音が鳴る。一瞬ギョッとしたけど、怒りをかき消すほどではなかった。

「あのっ」

大声で呼びかけると、店主はカップに口をつけたまま視線だけをこっちに寄越した。

「お店の撤収間際に来たあたしが悪かった。すみませんでしたっ。でも、だったら断ればいいだけの話で、ただただ不機嫌をスギ花粉みたいに撒《ま》き散らすのはおとなげなくはないでしょーか」

「スギ花粉……？　別に不機嫌じゃねえよ」

「それに、客に向かって『お前』はないでしょう？」

店主は、あたしを奇妙な生き物を見るような目で眺めながら珈琲を飲む。

「ちょっと、こっちが真剣に話してるのに、悠々と珈琲飲むなんて」

「オレのこと、まだ思い出さねえか」

あたしはうさん臭がっていることを露骨に表しながらじろじろと見た。

薄い唇のわりに口が大きい。鼻筋が通っている。二重の目。

「誰？」

店主が眉を寄せた。

「知り合いだと言えば誤魔化せると思いました？」

店主は意外にも静かな眼差しをあたしに向けた。

「誤魔化すも何も、何を誤魔化すんだよ。オレは何もやましいことはしていない」

「やましいとかやましくないとかは言ってません。あなたの接客態度が悪いって言ってんです。せっかくあんなにおいしいおむすびを作ってるんです。お客の状態まで察して作れるってのに、何ですかその態度は。そんなんじゃお客は食べる前に帰っちゃいますよ。販売チャンスを自分で潰《つぶ》してるんですよ。もったいない。接客がよければ、いや、何も特別よくしろって言ってるわけじゃないです。普通でいいじゃないですか。普通に『いらっしゃいませ』と挨拶して『お前』と言わないだけでもずいぶん違いますよ。欲を言えばほら、調理中みたいな穏やかな顔をしていれば文句なしです」

あたしはまくしたてた。激昂《げっこう》した直後は言語化できないが、ワンクッション置けば怒りのピークは過ぎて言葉を取り戻せる。

店主が無表情で凝視してくる。

何この人。あたしの言葉が響いているのかいないのか、全く読めない。

「とにかく、あなたのことは知りません。あなたがあたしを誰かと勘違いしてるんじゃないんですか」

店主のこめかみに太い青筋が浮き出る。知ったこっちゃない。あたしのほうがくっきりと浮き出ているはずだ。

「お前、市川だろ。市川茉奈《まな》。八戸中央小学校。飯残しの市川」

あたしはぽかんとした。店主を凝視する。

店主は口の端《は》を引き上げた。鋭角の口角が、磨き上げられた刃物に見えてくる。

あたしの怒りはさらに下がる。注意深く聞いた。

「……あなた誰。どうしてあたしを知ってるんです？」

ステンレスのマグカップを、コールドテーブルに置いた。

「柴田。柴田拓海《たくみ》」

その名前を聞いて一気に記憶がよみがえってきた。

関取ヒーロー。たいていは地獄の番人ような怖い顔をしていて、微笑むのは調理実習と給食の時のみ。

「ほんとに柴田？　あの柴田？」

「あの柴田以外にどの柴田がいるんだ」

　このぶっきらぼうでつっけんどんな言い方はあの柴田そのものだ。急に懐かしさが込み上げてきた。同時に、小学校時代、助けてもらっていたという恩があるのに、散々罵倒《ばとう》し説教まで垂れてしまったことが恥ずかしくなる。

「ひ、久しぶり。柴田、変わったね」

「変わってねえよ」

「中身はね。でも見た目は変わった。健康的になった」

「飯を作るようになってから痩《や》せたんだ」

　柴田がカップを洗い始める。かつてぷよぷよしていた腕は今や、ギュッと引き締まって逞《たくま》しい筋が浮いている。

　あたしはスマホで時間を確認して、もう少しならここにいられそうだと見積もり、キッチンカーが視界に入るよう、ベンチの端に横向きに座る。

「キッチンカーやる前は何してたの」

「レストランで働いた」

「何で辞《や》めたの」

「これがしたかったから」

柴田は人差指を下に向ける。

「店まで来られない人に、すぐに食べられるものを提供したかった」

「ああ、確かにこの辺にはお店が少ないね。コンビニまでは五、六キロあるし。車がないと不便だもんね。てか、驚いた。そういうの考えてたんだ。だったらなおのこと愛想よくしたほうがいいよ」

「は？」

「よくその不愛想で独立しようと思ったね」

「愛想が悪いとは思っていない」

時間が止まった気がした。

深呼吸をして再び時を動かす。

「びっくり。衝撃的すぎることを聞くと、時間って止まるんだね。そうかそうか、そもそも自覚なしか。それは最強だ」

「何だ？　バカにしてんのか」

「驚いてんのよ」

「愛想云々《うんぬん》より大事なのは飯だ。旨くて体にいい飯を提供するのが本筋だ」

「違う違う。接客も含めて味や体の栄養になるんだよ。料理の内容だけじゃないんだよ」

柴田はあたしをじっと見た。あたしは気まずくなってきて、身じろぎする。

「ごめん。ご飯残しがえらそうに何言ってんだろうね」

「そういえば、調理学校でそんなようなことを習ったような気がする」

忘れてた、と柴田は呟《つぶや》いた。

「お前は？　今何してるんだ」

「市川でいいよ。あたしは健康器具とか食品とかの通販会社。倉庫で働いてる」

「このクソ暑い時に倉庫かよ。何かの罰ゲームなわけ」

新たに珈琲を淹れ始める。

「かもしれないけど、深くは考えないことにした。でも気楽だよ。倉庫で働いてるのはおじいさんと二年目選手の子だから、ランチも飲み会もなくって」

「お前は人と飯を食いたくないのか」

「『市川』。残すと空気悪くなるでしょ。せっかくの楽しい雰囲気を壊すわけにいかない」

「お前、そういう考え持ってたんだな」

「『お前』じゃなくて『市川』だっつってんだろこの野郎」

「口悪《わり》ぃ」

「あんたに合わせただけだよ。こんなことめったに言わない」

柴田がカウンターからカップをつき出してくる。

「珈琲」

あたしはカウンターに近づき、ありがとうと受け取った。また時刻を確認して、これを飲んだら社に戻ろうと算段をつける。

ベンチに戻ってカップに鼻を近づける。強く香る。潮風の匂いにも負けずしっかりした、いい香りだ。肩の力が抜けていく。

「この場所にお店を開くのは何曜日とか何日とか決めてるの？」

「五とゼロがつく日。一応、前の日にＳＮＳで告知はしてる」

「他の日は別なところでお店開いてるんだ？」

「ああ。……種差海岸なら今のシーズン、人出があるから繁盛《はんじょう》すると見積もったんだけど、当てが外れた」

「当てというか、多分当て以前のところに問題があると思う」

柴田が腰に手を当ててあたしを見据える。

「ほら、それ。怖い顔しないほうがいいよ」

「どうしろっつーんだよ」

「笑顔笑顔」

あたしは笑ってみせた。柴田が眉を互い違いにし、顔をゆがめる。

「……柴田、ドブ水でも飲んだみたいだけど、具合悪いの?」

柴田が顔のゆがみを消し、眉を寄せる。なるほど、これまでのセオリーでいくと、顔をゆがませたのは笑顔のつもりらしい。

「市川こそヘラヘラ笑って、バカ丸出しだな」

あたしは真顔に戻る。こいつ、海に落ちればいいのに。

「笑顔は売り上げを伸ばす。調理している時、穏やかで優しい顔してるよ。それを接客でも使えばいいんだよ」

「どういう顔をしてるとか知らねえわ。たとえ、穏やかとかそういう顔をしていたとしてもそれを『使う』とかは嫌だ。あざとさとか作為的なのは嫌いだ」

「職人気質《かたぎ》で一本気なのはいいけどね、もうちょっと戦略的にいかなきゃ。商売の世界なんだよ?」

あたしは視線を車体に巡らせる。

「たとえばトラックも。もうちょっとラッピングしたらどうかな。明るい色を塗って看板を出すのも必要。ポスター貼ったり、メニュー掲《かか》げたり。何売ってるか遠くからでも分かったほうがいい。ロゴも大きく」

柴田の顔が険しくなる。文句をつけられるのは誰だって不快なものだ。

「でも音楽がないところはいいと思う」

柴田の顔から険しさが消える。褒《ほ》められるのは誰だって嬉しいはずだ。

「ただ、自然の音がないところとか、街中で店を開くのならBGMは必須《ひっす》」

柴田はそっぽを向いたが、子ども連れの女性が近づいてくると顔をゆがめた。

理由に納得すれば実行に移すというのは、彼にしては感心なことだ。だが。

お客さんは熊に出くわしたかのようにハッと足を止める。子どもが泣きだし、女性の後ろに隠れた。気の毒に、お子さんも柴田も。

女性は子どもの手を引いて、そのまま回れ右をした。

「待ってください」

あたしはマグカップをベンチに置くと慌てて追いすがる。

「いらっしゃいませ。おいしいおむすびですよ。この場で握ります。ご飯はピカピカふっくら。粒が大きくてしっかりしています。おむすびの塩加減は抜群で、塩は野田塩《のだしお》を使っています。三陸の海水を薪の火で煮詰めた塩です。甘みを感じるような丸い口当たりで、お米の味を一層引き立てるんです。ご飯と塩という基本をしっかり押さえているので、塩むすびはもちろん、具を入れたものはさらにおいしくなります。リクエストにもお答えしますので遠慮なくお申しつけください」

にこりと笑うと、女性は顔の強張《こわば》りをとき、子どもは泣き止《や》んだ。

女性はあたしに注文した。あたしはそれを柴田に伝える。なんでオレに直接言わねえんだとぼやいた柴田だったが、作り始めるとあの穏やかな顔に変わった。機嫌のいい柴犬に似ている。

無事におむすびを渡して母子《おやこ》を見送ったあたしは、スマホで時刻を確認した。

「あ、やばい。さすがにもう戻らなきゃ」

マグカップをカウンターに戻す。

「ごちそうさま。いくら？」

「いるか」

ワゴン車が駐車場に入ってきた。お客さんだろう。

あたしはベンチのごみをまとめる。

「ごちそうさま。じゃあね」

「おい、ちょっと待て」

柴田がカウンターから身を乗り出す。

「何」

「お前……市川、いつ休みなんだ」

「シフト制だから決まってない。休みいつだったかな。シフトを確認してみるけど、なんで」

「ここを手伝う気はないか」

あたしは首を傾《かし》げた。

「暇《ひま》な時でいい」

目つきが悪くなり、いよいよ顔の怖さに拍車がかかる。断ったら取り殺されそうな気がする。

柴田には小学生の頃に散々世話になった。柴田に食べきれない分の給食を引き受けてもらえなかったら、学校に行けなくなっていたかもしれない。そのくらいあの頃は悩んでいた。柴田があの体型だった原因はあたしにもあったかもしれないのだ。

「もちろんいいよ。取り殺されなくても手伝うよ」

「取り殺すって何のことだ」

「気にしないで。じゃあ、シフト確認してから連絡するよ」

柴田は肩の力を抜く。

連絡先を交換して、あたしは車に乗り込んだ。

車道に出る前にバックミラーで「&」を見た。近づいていくお客さんに、口角を上にゆがめて対応する柴田が映っている。本人なりに笑顔を意識したつもりか、大失敗だ。

あ〜あ、と苦笑いして、アクセルを踏みハンドルを北に切る。

社に戻ると、小坂が「お疲れっす。何かいいことあったんですか」と聞いてきた。

「え、どうして？」

「明るい顔してますよ」

「そお？　いいことと言えば、キッチンカーのおむすびを食べられたことかな」

「あ、出会いましたか。やっぱりおいしいですよね。安心する味っていうんですか。店の名前の『&』って安堵から来てるのかっていうくらい」

「ほんとそれ」

小ぶりなおむすびはちょうどぴったりだった。

間違いなく本物だった。

久しぶりに満足感を味わった。

シフト表を確認して五日後の日づけを柴田に送ると、いくらもないうちに柴田からメッセージが届いた。

『三〇日の一一時。種差海岸に来い』

果たし状？

三〇日が来るまでに、あたしは柴田にメニューを聞き、メニュー表やポスターを作成した。仕事でも広告の案を出すが、それよりも前のめりになってしまう。あのおいしいおむすびをもっと売りたい。多くの人に食べてほしい。

あのおむすびは、間違いなく安らぎだ。

頭の中にくっきりと、おむすびを食べた人の笑顔が浮かぶ。それをただひたすら紙の上に投影していく。信じられないことにわくわくしている。ぐいぐいはかどる。ダメ出しを食らうかもしれない。それでもかまわない。だってこんなに楽しいんだもん。

当日、種差海岸に黄色いキッチンカーがあった。新装版「&」である。ロゴも大きくくっきりしている。ラッピングの提案を受け入れてくれたことにテンションが上がる。

柴田が車内で開店準備をしていた。電源コードが伸び、旅館につながっている。

あたしは車を降りて紙袋を手に近づいた。

「柴田、おはよう」

「おう」

「あたし、何やればいい？」

「接客」

「じゃあ、それまではこっちはこっちで自由にするわ」

柴田は特に、あたしが何をするのかたずねることもなく準備に戻る。リアドアから覗くと、シンク下のタンクをパイプにつないでいた。

あたしはメニュー表を車体に貼っていく。跡が残らないよう、マスキングテープを使う。このテープもおむすびが印刷されているものを選んでみた。

準備を終えたのか、柴田が降りてきて、貼っているのを眺める。

「それが、オレからメニューを聞いた理由か」

「あとこれも」

ポスターに触れる。

海を背景に、白のキッチンカーが走る絵に「キッチンカー『&』お米にも塩にもこだわった作りたてのほかほかおむすびをご提供！　厚い海苔をぜいたくに使った磯の香り高いおむすびです。ぜひ、ご家族&ご友人&恋人&での、ほっと一息おむすび時間を楽しんでください」と書いた。

柴田に店名『&』の由来《ゆらい》を聞いたら「ご飯とおかず」という意味だと言ったので、あたしはポスターにふさわしいようにもう少し解釈を広げて「と、一緒」という意味に捉《とら》えた。

小坂が言った「安堵」も「ほっと一息」という言葉に変換してつけ加えさせていただいた。

小坂ありがとう。

「かかった費用を請求してくれ」

「大してかかってないから別にいいよ。久しぶりに手を動かして絵を描くってのが、子どもの頃に戻ったみたいで楽しかったし。アナログもいいもんだね」

あたしは仁王立ちの柴田を避《よ》けて車体に貼っていく。

「売り文句もお前が、市川が考えたのか」

「仕事でやってるから」

今のところ、ダメ出しの嵐だが。

「よくこういうの考えられるな」

「そりゃあんたのおむすびを食べてもらいたいって思ったら考えるでしょ。てか、車体を黄色に塗ったって教えてくれれば、絵の色も変えたのに」

それには返事をせず、柴田は眺めている。

「手描きか……」

「みんなが使ってるイラストより、オリジナルのほうが本物の風格が出るでしょ」

柴田が耳の上をかく。

「何をもって本物って言うんだ」

「うーん、言ってみればおむすびに込める『想い』とか『誠実さ』とか?」

全部を貼り終わったあたしは柴田を振り向いた。

「とにかく理屈なんてどうでもいいんだよ。味は理屈じゃないでしょ? でもってこの絵も味があるのよ。結構いい感じでしょキッチンカー」

「土管に見える」

「ああ。よく空き地に転がっててガキ大将がリサイタルを催《もよお》す時のステージになる、アレね……って、はあ!?」

柴田はあたしのノリツッコミをスルーして、トラックに上がった。

「ちょっと、どう?」

背中に問う。

「何が」

「ポスターとかよ。良くないところがあったら言ってよ。ダメ出しには慣れてるから気にせず言って」

柴田はフライパンやフライ返しなどを並べ始める。

「黙ってちゃ分かんないでしょ。言ってよ」

「良くないところがあったら言えって言ったから、言わないだけだ」

あたしはポカンとして突っ立つ。

ポスターを振り向く。表面が海風を受けて、心地よさそうに波打っている。

やった！

あたしは胸の前で拳を握る。

柴田と目が合った。柴田の目元がささやかにほぐれたように見えた。

が、滑空するうみねこの黒々とした影がその顔を横切った次の瞬間にはガチガチに硬い目元に戻っていた。

「――一瞬見えたのは、白昼夢だったんだろう」

「何だって？」

あたしの呟きを柴田が聞き返したところで、

「すみません、いいですか？」

と、背後から男性に声をかけられた。

反射的に「はい、いらっしゃいませ」と振り向いて、あたしとお客さんは「あ」と声を揃えた。

「小坂」

「市川さん」

小坂の背後に社用車が見える。今日休みなのはあたしだけで、小坂と松井さんは出勤だ。

「何してんすか」

「ええと、同級生の手伝い」

「同級生。へえ」

小坂が柴田を見上げる。柴田はカウンター越しに目を眇めた。小坂が肩をすくめ、あたしに耳打ちする。

「同級生さんは今日も不機嫌そうっすね。何で?」

「あれが昔からの通常運転だから。別に不機嫌ってわけじゃないんだそうよ」

そうなんすね、と納得する素直な小坂。

あたしは小坂にメニューを渡す。

「今日は何にしようかな」

小坂の脳天を焼き払わんばかりの眼光を注いで注文を待つ店主。

小坂は全く意に介さず、メニュー表を眺める。

「小坂、この間あたしが食べたおむすび、お勧めだよ」

あたしは小坂の頭頂部を案じて提案してみる。

「あ！　そうですね。『いいことがあった』のやつ。じゃあ一個はそれにします。他は……」

「シジミ」

柴田が勧め、手袋をする。たちどころに柔和な顔になった。

メニューに書いた『今が旬の東北町《とうほくまち》の小川原湖《おがわらこ》産のヤマトシジミのバター醤油。シジミは大ぶりでぷりぷりです！』の説明文は、柴田の言葉をそのまま転記したものだ。

小坂は、じゃあそれ二つ、と頼んでくれた。

「祐実先輩っていくつイケると思います？」

「先輩の分も買ってくの？」

「はい。今日出勤してるんですよ」

「何個イケるんだろう。うーん、分かんないけど二つくらいが普通なんじゃない？」

小坂はシャモロックのおむすびを追加して全部で四つ注文する。

柴田は目元をほころばせて握る。ギチギチに握らない。手のひらで弾《はず》ませるだけ。あれでちゃんと形成されてるんだから不思議だ。

小坂はおむすびの入った袋をふわふわ揺らしながら車に戻っていった。

入れ違いにお客さんがちらほらとやってくるようになった。小坂が呼び水になったのかもしれない。

注文を柴田に通した時、隣からエンッと咳払いが聞こえた。

振り向けば松井さんだ。まっすぐ柴田を見上げて、八戸港に水揚げされたイカの天ぷらのおむすびを三つ頼む。注文を終えると、すべき仕事を完遂《かんすい》させたとばかりに長く息をはき、視線を巡らす。あたしと目が合うと咳をした。

あたしは松井さんが何か言う前に先に伝える。

「店主が同級生だったんで、手伝ってるんです。松井さんもここのおむすびでお昼ですか？」

松井さんがエンッと咳払いする。

「最近、買うようになった。んめ」

無口な松井さんが「んめ」と褒めてくれるなんて気分がいい。柴田にはこの評価が届いているのかいないのか、顔つきは変わらない。

おむすび三つが、二つのフードパックに分かれて収まるのを眺めていると、

「さすがにオレ一人で三つは食わねぇ」

と、言い訳のようなことを呟き、去っていった。

徐々にお客さんが増えてきた。あたしは注文を取り、できあがったおむすびを渡し、代

金の授受をし、泣く子どもをなだめ、転がっていったビーチボールを追いかけてゴミを拾い、トイレの場所を教えた。

ベンチで食べているカップルを残して、お客さんが引いたのは一時過ぎ。

キッチンカーに「準備中」の札を下げて、柴田はボウルで米を研ぐ。

「こんなに売れたのは初めてだ」

米を研ぐシャクシャクという音が軽やかだ。ザルに空ける。

柴田がスツールを差し出してきた。

「座れ。握り飯作るから。何食いたい」

「ありがとう」

スツールを受け取ってリアドアの外に据える。

「シャモロックの梅しぐれ煮のおむすびができるんならそれお願いする。でもなかったらなんでもいいよ。余ってるやつで」

柴田が身をかがめてストックを確認する。

「ある」

柴田がフライパンを熱して、そこに密閉容器を逆さにする。

「え。ちょっと、それって最後だった？　あたしよりお客さんに食べさせなよ」

「いいんだ」

柴田は潰《つぶ》した梅とシャモロックのレバーを炒め合わせ、おむすびにしたものをお皿に乗せてくれた。この間と同じ大きさだ。ホタテ貝柱のバター醤油炒めも添えられている。

「少しの量で効率的に栄養を摂《と》ろうとしたら、今積んでる食材の中じゃ、これが一番だ」

「ありがとう」

おむすびを手で包む。

あったかい。小さな生き物のような心地よさがある。そのぬくもりが指先から全身に伝わっていく。

「いただきます」

ほおばった。思わず深呼吸してしまうほどおいしい。あたしは今、ちゃんと食べてます、という実感を持たせてくれる。

一かみ一かみじっくり味わう。それをちびちび食いと批難されては立つ瀬がない。でも他人に何と言われようとこれは丁寧《ていねい》に食べたい。

「ちょうどいい大きさにしてくれてありがとう」

柴田からは特に返事はない。とはいえ、こっちをちらっと見たから、聞こえてはいるのだろう。

「普段、残してしまうことがあって、そうすると申し訳なくてね。食べものにも作ってくれた人にも一緒に食べる人にも。だから食べものを前に身構えて」

疲れる……、と愚痴をこぼしてしまった。

ずっと、誰にも言えなかったことだ。

「店の飯も、今時は量を加減して出すところも多いし、食べきれなかったらテイクアウトもできる。よそ様の家でよばれるのだったら、あらかじめ小食であることを伝えといて、出された料理の感謝と感想を添えれば嫌悪感も抱かれにくいんじゃないのか。方法はいろいろある」

柴田の意見にあたしは首肯《しゅこう》する。料理を提供する側からのアドバイスは聞くものだ。

「今度からはそうする」

「小食でもいいだろ。シェアできる相手を作るきっかけになると思えば？」

あたしは噴いた。

「顔に似合わずすごいポジティブ。……あ、違うか。料理してる時は表情が明るいもんね。ポジティブな状態で作ってるんだもんね」

ホタテはぷりっぷりで甘く味が濃い。バターがよく絡んでいて、きつね色をしている部分は身が締まっていてさらに甘味が凝縮《ぎょうしゅく》していた。確か貝類も疲労回復にいいのではなかったか。

「何時まで営業するの」

「そうだな……本来ならもう帰ってる時間だけど、今日は売れてるから」

おかげさまで、という言葉が続くことは期待していない。

「四時頃までやってみるかな。市川、いれるか」

「いるよ。一度引き受けたんだから最後までやるでしょ」

柴田は頷いた。それから冷蔵庫から食材を出し、総菜を作り始めた。

あたしはおむすびをかじったりホタテをほおばったりしながら柴田が作業するのを見ていた。食材を洗い、刻み、ボウルにひとまとめにして必要な調味料をあらかじめ全部手近に寄せ、コンロに火をつける。一気に炒める。二つのコンロを余すことなく使う。動作に隙《すき》がなくて、次の手順になめらかに移っていく。あたしだったら「えーと次は」と立ち止まるところだ。そういうのが一切ない。キッチンカーの全てが彼の手足となって機能しているのと同時に彼自身もレンジや炊飯器、ガス、水道の手足となっている。

おまけに楽しそうな顔をしている。そりゃおいしくもなろう。

柴田がこっちを振り向いた。目が合った瞬間に機嫌のよさがかき消えたのは、プロのマジックを見ているみたいだ。

「何？」

柴田とあたしの声が揃う。

あたしは噴き出した。

柴田は顔をゆがめた。笑った。ということにする。

柴田はできたてのお惣菜を、立ったまま食べる。

あたしに椅子を貸したから座るものがないんだ。おまけにご飯は、あたしが最後だったらしく、なしだ。

「ごめん、これ使って」

あたしは立ち上がり、スツールを差し伸べた。柴田は視線を背《そむ》けてお皿の上のお惣菜を口に運ぶ。あたしは座り直す。

柴田の大きなひと口は見ていて胸がスカッとする。小学校の頃もおいしそうに食べていたっけ。その様子を見ていると自分も食べられる気がした。実際は無理だったけど。

「ご飯足りなかったら言えばよかったのに。そんならあたしは食べなかったのに」

「別に譲らなくていい」

「譲ってるんじゃないけど。何か悪いなって」

「昔もそうだったよな。調理実習のゴミ出しとか洗い物とかもどうせ罪悪感から買って出てたんだろ」

見てたのか。見抜いてたのか。

「飯に罪悪感なんか持ち込むな。気分よく食っとけ」

ドキッとした。ずっと以前から抱えていた厄介なものに、風穴を開けられたような気がする。


三時を過ぎた頃、再びお客さんが集まり始めた。柴田は炊きたてのご飯を二回、ボウルに移し、握っていく。なんで二回移すのか聞くと、空気を含んで適度に水分が抜けるからと答えた。

「冷ましてるのかと思ってた」

「それもある」

リピーター客もいるようだ。

「ここのおむすびを食べてから元気が出て仕事も頑張れました」と言われると、お客さんと握手をしたくなる。

配送課の仕事はお客さんの顔が見えない。たまにコメントをくれる方もいるが、そんなことはめったにない。ほとんど反応がない。でもここならいいも悪いも直《じか》に分かる。それに、お客さんの要望がそれぞれ違うのでおもしろい。

　また柴田の、個別に的確な対応をしていく能力には舌を巻いた。野菜嫌いの子を持つ母親の要望で、もともとあったそぼろに茹《ゆ》でて刻んだ青菜を炒め合わせ甘辛い味付けにしたり、アレルギーのあるエビを鶏《とと》もも肉に差し替えてエビチリ風にしたり、血圧が高いというお客さんのは塩分控えめにしたり。

　職場では個別対応なんてできない。ここではお客さんがよく見える。できる範囲で要望を取り入れて渡せる。早く対応できるのもいい。

　当初の予定時間を一時間オーバーした五時過ぎになって、お客さんの波は引いた。

　あたしはベンチに座る。

「おい。これ」

　柴田がエプロンのポケットから白い封筒を取り出して差し出してきた。

「何これ」

「バイト代。少ないかもしれねえけど」

「いらないよ」

「そういうわけにいかねえだろ」

「いらないって。楽しかったし、恩もあるし」

「何の恩だよ。とにかく受け取れよ。じゃないとこっちも気持ちが悪い」

あたしは立ち上がると、封筒を握る手を見下ろした。昔、えくぼができていた手の甲は今や硬そうな骨と太い関節が浮いている。丸かった指は細長くなった。

「ありがとう」

お礼を言って、両手で静かに受け取った。

「こちらこそ」

ぎこちない言い方の「こちらこそ」だ。

顎と首がつながっていたかつての柴田は今、顎が尖《とが》って首とはくっきり分かれ、耳の下から鎖骨《さこつ》に向かって斜めにしっかりした筋が立っている。

人は変わる。

「言っとくけど、お金が欲しくて手伝ったんじゃないからね」

「分かってるよ」

「それじゃあ、片づけて帰ろうか」

「いや、こっからはオレ一人で十分だ」

「分かった。じゃ、お疲れ」

片づけを始めた柴田に片手を上げて、車に乗り込んだ。

帰宅するとドアの前に、籐《とう》のかごが置かれていた。メモが添えられており、飛ばないようフルーツトマトが重し代わりにされている。

母は「字がきれいじゃねえすけ書きたくねんだよ」とぼやくだけあって、あまり字など書かない。それなのにあえて手書きのメモを残すというのは、相当思いが強いのだろう。

メモにはやたらしゃっちょこばった字で、

『茉奈へ。なかなか取りに来ないから持ってきました。食べきれない分は会社の人やアパートの人などに配りなさい』

とあった。

中身を見るとフルーツトマトの他、土つきのニンジン、毛に覆《おお》われた枝豆がぎっしり入っていた。

かごを部屋に入れ、仕事鞄を下ろすとトマトを洗って、立ったまま丸かじりする。ピンと張った皮がぷつりと裂け、信じられないくらい甘い果汁が口に広がる。ニンジンもそのままかじる。優しく素朴な甘みがある。どちらも、土を思わせる野菜の香りが強い。久しぶりに生きているものを食べた気がする。枝豆はぷっくりと形よく膨らんでいる。莢《さや》を覆う毛が愛《いと》おしい。いずれも母が丹精込めて育てたものだ。

このまま食べてもいいけど、と考える。

柴田の「飯に罪悪感なんか持ち込むな。気分よく食っとけ」という言葉を思い出した。そうだ、気分よく食べていいんだ。どうせならもっと気分よく食べよう。

スマホを取り出し電話をする。不機嫌全開の低い声が聞こえてきた。だが、訳を話してレシピを聞くと、一転して、人格が入れ替わったか、何かに乗り移られたかと疑うほど明るい声で教えてくれた。

レシピをメモしたあたしは、今しがたくぐったばかりのドアから飛び出した。仕事の日は帰宅したら立っているのも億劫なのに、今日は半日立ちっぱなしだったわりに体が軽い。もう一仕事したくなっている。

スーパーに車を走らせ、バイト代で材料を揃えるとアパートのキッチンに立った。

久しぶりにエプロンを引っ張り出した。記憶にあるエプロンよりベージュ色が薄くなった気がする。腰のところで紐《ひも》をキュッと結ぶ。なでてしわを伸ばし、裾を引っ張った。

電話で聞いた通り、トマトを湯剝きして、レンジでやわらかくしたニンジンと一緒に潰す。

鍋では、莢の端っこをキッチンバサミで切った枝豆がぐらぐらと茹でられている。鍋で湯が沸く音を聞いたのは何年振りか。

小麦粉をふるう力加減も思い出した。

鍋もふるいも長らく使っていなかったのに、以前と変わりなく働いてくれる。仕事を覚えているのは道具なのか、あたしの手なのか。

フライパンに少量ずつ生地《きじ》を落としていく。生地が赤いのは、ニンジンとフルーツトマトを練り込んだから。

チリチリと音が聞こえ始める。そうそうこういう音だった。年月がたっても、火と食材が奏《かな》でる音は古びていない。あたしを待っていてくれた気がする。

甘く香ばしい湯気が漂う。

ほかほかのそれに、枝豆を潰して餡《あん》にしたものをはさんだ。

できあがったのは一時間後。この時間、楽しかった。充実していた。何かに夢中になれるという感覚を取り戻した。没頭するのは気持ちがいい。

「市川さん、まだ仕事してるんですかあ？　お昼ご飯食べないんですか」

明るく高い声に振り向くと、お財布を手にした女子社員三人がゆっくりと歩いてくる。

パソコン画面の時刻表示を見ると、一二時二分だ。

「課長に頼まれた仕事がもう少しで終わりそうだから、そしたら行くよ」

そう伝えると、三人は乾いた笑い声を上げた。

「がむしゃらに取り組んでるってカッコいいです」

「仕事命」

「まあ、頑張ってくださーい」

彼女らは変わらない。

まあ、せいぜい笑ってくれ。なんたってあたしには彼氏もいないし、倉庫番で汗まみれだし、足元はスニーカーだ。あなたたちと比べて、あたしは笑える存在なんでしょう。だけどあなたたちは知らない。あたしにはこの会社だけが全てじゃないってことを。あたしには夢中になれるものができた。張り合いができた。気の毒でもなんでもない。

ふっふっふ、と笑うと、彼女たちは薄気味悪そうな顔をして去っていった。

倉庫の奥から小坂の声で「あれ、これ何すか」という声が聞こえた。

足を止めてエアコンのそばに置いた紙袋を目で示す。

「ああ、それは」

説明しよう、と声を改めた時、ヒールの硬質な音を小気味よく響かせて「市川ちゃん、小坂、お疲れ～」と祐実先輩もやってきた。

長い間、潮風と日の光にさらされてきたベンチはいい具合にくすんで、サラサラと乾いている。腰かけ、どら焼きを入れてきた紙袋をたたんで膝《ひざ》の上に乗せた。

隣に座る柴田が直径三センチほどのどら焼きを一口でほおばり、相好《そうごう》を崩した。まつ毛に夏の日差しが反射する。機嫌のいい柴犬のような明るい顔だ。この顔を見たらおいしくできたのは間違いない。

あたしだって、食べもので人を喜ばせることができる。

「柴田から教わったレシピで作ったよ。ごめんね急に電話して」

「いやいいんだ。いつでも連絡してくれてかまわない」

料理のこと以外で連絡したら、すぐさま電話を叩っ切られたことだろう。

種差海岸に来る前に、小坂と祐実先輩にも食べてもらった。

「このサイズだといくらでもいけますね。枝豆餡のつぶつぶ感がいいです」

「小さいから、おままごとのおもちゃみたいに見えるけど、全然そんなことない。しっかり作られてる。生地がしっとりしてるし、さっぱりした甘さで飽きないわ。野菜のクセがいい具合にアクセントになってて、奥深い味になってる。赤い生地に緑の餡が映《は》えるね。市川ちゃんはこういうの作れるんだね」

小坂が口に放り込み、祐実先輩がどら焼きをしげしげと見ながら感心したように言う。

「教わったんですよ。久しぶりに食べたいものを作ったら、ちっちゃくても大満足でした」

「そういうのって大事よね」

自分自身が何を食べたいのか探って、はっきりさせ、罪悪感を持たずに食べると、思った以上に福々しさに包まれる。

「ちっちゃくてもちゃんとどら焼き」を眺めて思う。

小さかろうが大きかろうがどら焼きはどら焼きだ。

どら焼きを引き合いに出すのはどうかと思うが、あたしだって小食だろうが大食だろうが、あたしはあたしだ。そう肯定《こうてい》できた。

「売りものになるっすよ。ほらあの手伝ってるおむすび屋で売ればいいじゃないすか」

「おむすび屋？　小坂が差し入れてくれたおむすび屋さんのこと？」

と、祐実先輩。

「そうです。市川さんの同級生だそうですよ。目元が涼しげっていうんすかね。冴《さ》え冴《ざ》えっていうんすかね。シャープですよね。顔の造りも体形も雰囲気も」

「そうポジティブ寄りに言ってくれるのは小坂くらいだよ。あいつは何もせずに子ども泣かした実績があるんだから」

「あら、素敵」

祐実先輩が笑う。

あたしもどら焼きをほおばる。

熱を加えたトマトはフルーティさを増し、ニンジンは甘味が強くなった。柴田に言われた通り、生地を焼く時にふたをすることでしっとり仕上がった。ずんだ餡は豆の粒が残るくらいの潰し具合で食感も楽しめるようにした。

これまで、たくさん食べられるように努力したものの、そうはならずに無駄だったとがっかりしたこともあった。

だけど見方を変えて、たくさん食べられないのなら、少なくて小さいものを用意すればいいと考えれば、コンプレックスは自分を卑下《ひげ》する材料にはならないんだ。

それは、今、隣に座る柴田が教えてくれた。

「市川、また暇な時手伝えよ」

柴田が言った。

一瞬、それ楽しそうと思った。が、いやちょっと待てと冷静になる。恩は返したつもりだし、それが終わった今、やる理由がない。

「何を企《たくら》んでんの」

「企んでねえよ。ちゃんとバイト代は払う」

うみねこの声と潮騒を聞きながら、あたしはキッチンカーと柴田を見比べる。お客さんがたくさん来る時と来ない時の落差が激しい。収入は安定しないだろう。

「バイト代より賄《まかな》いがいい」

柴田が目をしばたたかせる。

「は？」

「あたしの食べたいものを食べさせて。それなら手伝ってやってもいい」

あたしはその条件を呑めないのならこの件はないという一歩も譲らぬ姿勢で見据える。

柴田が顔をギュッとゆがめた。

笑ったのだ。

その柴田に告げる。

「報酬が介在すると主従関係になるじゃん。あたしあんたに雇われたくないから」

「言ってくれる」

「思ったことはバシバシ言っていくからね」

「どうぞご随意《ずいい》に」

あたしはトラックを眺めた。ポスターやメニュー表は、ラミネート加工されている。

「あれ、ラミネートしたんだ。ありがとう」

柴田は妙な生き物を見るような目を向けた。

「何で市川が礼を言うんだ」

「大事に使ってくれてるからさ」

柴田はあたしを束の間《つかま》じっと見た。あたしはなんだかきまりが悪くなって居住まいを正す。こいつは無駄に目力があるんだよな。

「それに、もう一つの件もお礼を言わなきゃ。『&』のポスターを作らせてもらったおかげで、会社で広告の案が初めて採用されたんだよ」

「何のことだ？」

「ホームページに載せる商品の広告の案を出さなきゃいけないんだけど、それいっつもダメ出し食らってたんだよ。だけど今回、マットレスの広告であたしの案が採用されたの」

スマホを出して社のサイトを表示する。柴田に見せた。

品のあるホテルをイメージした。夜を思わせる間接照明などは使わず、あえての夕暮れのセピア色の中にマットレスを見切れさせ、空間を贅沢《ぜいたく》に広く取った。

『一日の〆《しめ》はとっておきの眠りのごちそうを』

フォントは明朝体でワインレッドとゴールドを組み合わせた。

柴田のおむすびを多くの人に食べさせたいのと同じく、たくさんの人にぐっすり眠って疲れを取ってもらいたい。そう思ったら、心地よく眠る人のイメージが頭に浮かんできて、それをそのままデザイン案に落とし込んだのだ。

「ほらね。だからありがとう」

スマホを覗き込んでいた柴田が「別にオレは何もしてねえけどな」と顔を上げた。何かに気づいたみたいで海のほうへ目を向ける。

そちらから、虫かごと虫捕り網を手にした二人の男の子と、その子たちに手を引かれた両親がやってきた。

「すげー、これでご飯できんのー？」

「黄色いー。かっこいー」

そうかそうか、黄色いのがかっこいいのか。

まだ昼休みの時間が残っているから、どれ一つ手伝っていくか。

あたしは立ち上がった。

柴田も腰を上げる。キャップをしっかりかぶりマスクをするとキッチンカーへひょいっと乗り込んだ。

あたしは、家族連れに笑みを向ける。

「いらっしゃいませ」

二章　ギンナンおむすび

頭上を、白鳥が列をなして越えていく。真っ白い、どこまでも白い翼をのびやかに広げて、何の制約も受けない水色の空を渡っていく。

一一月も中旬に入ると八戸《はちのへ》市では朝晩霜《しも》が降りるようになる。すっかり秋だ。街路樹は日差しを惜しみ、少しでも太陽のぬくもりを留《とど》めておかんとばかりに、その葉を暖かな日の色に染める。

細く開けた運転席の窓から吹き込んできた秋風が、首筋をなでていく。

午前八時。

カーナビの案内で向かった柴田《しばた》とおばあちゃんが暮らす家は、種差《たねさし》海岸から内陸に一〇分ほど車を走らせた国道沿いにある。周囲には大学、ガソリンスタンド、コンビニ、ラーメン屋、焼肉屋が充分な間隔を置いて建っており、あとは畑が広がっている。畑には主《おも》に大根と白菜が植わっていた。

今日は種差海岸から一〇キロほど南下した、お隣の階上町《はしかみちょう》にある「銀杏木窪《いちようきくぼ》の大銀杏《おおいちよう》」と呼ばれる銀杏の木の下でキッチンカーの営業だ。それで、柴田のおばあちゃんちで落ち合うこととなったのだ。

暇《ひま》な時は手伝えと言われているので行くのである。休みの今日は暇だし、キッチンカーはおもしろいし、充実感を味わえるし、賄《まかな》いが食べられるから。手伝う理由はそれだけだ。他にはない。

おばあちゃんちは柴田に聞いていた通り、食事処《どころ》のたたずまいを残していた。

トラックが四、五台はとまれそうな広い駐車場。出入り口の上に残る看板の跡。広めの引き戸と、格子《こうし》の窓、エアコンの大きな室外機。出入り口横には空《から》の鉢《はち》が重ねられ、じょうろや小さなスコップ、ゴム手袋がバケツにつっ込まれていた。

かつては「食堂しばた」という名の店だったそうだ。

玄関前にキッチンカーがとまっている。そばに黒いコンパクトカーも。

元店舗の奥は二階建てで、住まいらしい。

一階の屋根越しに大きな梅の木が見える。裏が畑になっているようだ。

呼び鈴を鳴らしたがうんともすんとも反応がないので、声をかけてみる。

「こんにちはー」

背後の国道をトラックが走り抜けていく。うみねこと白鳥の声が澄んだ空に響き渡る。

相変わらずうんともすんとも、ない。

おかしいな。柴田もおばあちゃんもいるはずなんだけど。

引き戸に手をかけると鍵は開いていた。

「こぉんにぃちはぁぁ」

ゆっくり横に滑らせると、目と鼻の先に小さなおばあちゃんが立っていた。

「わっ」

「わっ」

声が重なる。あたしの口から出たのは悲鳴だけど、おばあちゃんの口から出たのは脅《おど》かしだ。なぜなら両手を顔の横でパッと開いたから。

腰を抜かしかけていたあたしを前に、そっくり返ってわっはっはと笑う。腹の奥まで見通せるくらい開けに開けた口に、妖怪を彷彿《ほうふつ》とさせられた。実際、歯が飛んできたので、食われると身をすくめたが、それは足元に落ちた入れ歯だった。

足はあるし、入れ歯もしているとなると、これはもう人間だろう。

あたしはお年寄りと暮らしたことがないので、おばあちゃんやおじいちゃんにあまりなじみがない。勝手なイメージだと、穏やかでおとなしい人たち、またはニュースとかで見るブチ切れる人たちという印象があった。

しかも、柴田のおばあちゃんは、以前食事処を営み、梅干しを作り、家庭菜園をすると聞いていたので、割烹着《かっぽうぎ》姿で真っ白い髪をお団子《だんご》にして小さくて、縁側にちんまり座ってお茶を啜《すす》っているような人と決めつけていた。

実際お会いして想像と合致《がっち》していたのは「小さい」という部分だけだ。

目の前に立ったおばあちゃんが身に着けているものは上がゼブラ柄のロングセーターで、下はヒョウ柄のレギンス。割烹着のかの字もない。草食動物と肉食動物を合わせるセンスもなかなかだし、とにかく頭が紫色。紫色の短髪にパンチパーマをかけている。目がちかちかして脳がバグる。

おばあちゃんは笑いを引っ込め、何食わぬ顔で入れ歯を拾う。何かをふがふがと言いながら、空《あ》いている左手を押し下げるジェスチャーを繰り返した。おそらく「ちょっと待ってて」という類《たぐい》の意味だろう。

はいと返事をすると、サンダルを引きずって奥へ入っていった。その背丈《せたけ》に見合うせまい歩幅と小さな足音だ。

おばあちゃんを見送ったあたしは辺りを見回す。店舗の面影《おもかげ》が残っていた。コンクリートの床にはシミがある。四人がけのテーブルが真ん中に一つ。その他のテーブル三台は隅に寄せられている。窓のそばに観葉植物が並び、高めの天井付近にはニンニクとタマネギがぶらさがっている。メニューの短冊も貼られたままだ。おむすび一五〇円。チャーハン四五〇円。支那《しな》そば五〇〇円。定食六〇〇円。レバニラ定食六五〇円。メニューの下は料理を受け渡すカウンターで、黄ばんだ大型のレジスターと、鮭《さけ》をくわえた熊の置物と、招き猫が置いてある。

広い開口部から厨房《ちゅうぼう》が見える。流しに向かっているおばあちゃんと、立ち働く柴田がいる。おいしそうな匂いと湯気が漂ってきていた。

カウンター横から出てきたおばあちゃんは「にっ」と口を横に引いて歯を見せた。

「市川茉奈《いちかわまな》ちゃんだね」

あたしは頭を下げる。

「はい。初めまして。柴……拓海《たくみ》さんにはお世話になっております」

おばあちゃんも頭を下げた。

「初めまして。孫がお世話になっております。柴田佐和《さわ》でがんす。佐和ばあってよく呼ばれてます」

頭を起こした佐和ばあはにかっと笑った。あたしもつられて笑う。

「手伝ってくれてんだってねえ。ありがっとうね」

踵《きびす》を返した佐和ばあについていく。

厨房に入る前に、佐和ばあがゴムのサンダルにはきかえ、あたしの足元にもサンダルを揃《そろ》えた。

「これさ、はきかえてな」

「はい」

靴を脱いでサンダルに足を入れる。

厨房には真ん中にステンレスの大きな調理台があって、奥に手洗い場と大きな流し台。厨房内を鏡のように映している鍋やお玉が下がっており、よく磨かれた包丁もマグネットでずらりと貼りつけられている。業務用の炊飯器やオーブンも見える。天井に届きそうな両開きの冷蔵庫。ぎっしりと食器が収納された棚。全体的に銀色でピカピカしている。

こちらに横顔を向けた柴田が、カウンターの前のコンロで中華鍋を振っている。腕の筋が浮き上がるたび、鍋の具材が弧を描いて跳ねる。

「おはよう、柴田」

「おう」

柴田はこっちを見ずに返事をする。

「ホレッ恋人が朝早く来たんだ、ちゃんと挨拶《あいさつ》しねかっ」

佐和ばあが声を大にした。柴田が鍋を落とす勢いでコンロに置き、振り向く。

「違う」

「違います」

柴田とあたしの声が合わさる。佐和ばあはガスコンロ上の時計を見上げて「何が違うもんだかしてぇ。八時は早いんだよ」と口を尖《とが》らせた。

「そっちじゃねえよ。この人は同級生だ」

「何だって？　聞こえないねえ！」

佐和ばあが目をこする。多分、問題があるのは目じゃないと思う。

「だから、この人は！　小学校の！　同級生で！」

柴田が佐和ばあに向かって前かがみになって腹から声を出す。

「なーんだって!?　何言ってっかさっぱり分かんねえよ」

というか、さっきまで普通の声で話が通じてたんだから、問題は耳でもないな。

「恋人」という言葉がすんなり出てくるということは、ここに柴田の恋人が来たことがあったんだろう。特別おかしなことではないのに、なんだかモヤッとして、厨房のピカピカしていたものたちが曇る。

柴田はガスの火を止め、あたしに顔を向けた。

「おはよう」

「え？　あ、おはよう」

時差。そして佐和ばあの言いつけは守る。天然だったのか、この不愛想男は。

「あたし何すればいい？」

「何もしなくていい」

柴田は中華鍋から耐熱容器にエビチリを移していく。ニンニクとショウガの香りが利《き》いた艶々《つやつや》ぷりぷりのエビ。つばを飲み込む。今日の賄いはそれにしてもらいたい。

もう一つのコンロでは鶏《とり》が揚がっている。その奥のコンロではひじきの煮物ができ上っていた。炊飯器がピーピーと音を発する。にぎやかで温かい。ここはいい場所だ。

柴田が鍋を置いて炊飯器のほうへ行こうとしたので、「手伝うよ。何すればいいの」とまた申し出た。

「いいって。現場で接客やってくれりゃあいいんだ」

「この状況でただ立ってるなんて無理だよ」

「……じゃあ、そこにある釜にご飯を移して。それトラックの釜だから」

「ラジャ」

あたしは炊飯器のふたを開ける。濃い湯気の向こうで、ヒスイ色の豆が輝いていた。

「きれい。ギンナンご飯？」

「そう」

「おいしそう。季節感があるね。売れると思うよ」

　一升炊きのご飯を移していく。

　佐和ばあは、食器棚の前で巨大な甕《かめ》から梅干しをタッパーにせっせと移していた。梅は、いい具合にしぼんで、箸《はし》でつままれた部分がやわらかく凹《へこ》んでいる。

「茉奈ちゃんがメニュー表だのポスターだのば作ってけで、接客まで引き受けてけたんだべ？　ありがっとうね。何しろこの子は、料理一辺倒で、商売ってもんが分かんねえんだ」

　佐和ばあが朗《ほが》らかに話す。柴田は聞こえていないのか慣れっこなのか、口をはさむことなくひたすら調理に邁進《まいしん》している。

「車っこの色ば変えたのだって、おむすびの写真こがついた壁かけばつるしたのだって茉奈ちゃんの知恵だって言ってでらったおん」

　動き回っている柴田を横目に、のんびりと目を細める佐和ばあ。孫への愛情が感じられる。

「茉奈ちゃんのおかげでずいぶん助かってると言ってたよ」

「え、柴……拓海さんがそんなことを？」

つい前のめりになる。背後で、中華鍋を五徳に置くガンッという音が響く。振り返ると、柴田はこっちに背を向けて、たれを絡《から》めた唐揚げを容器に移しているところだ。背中が緊張しているのが、悲しいほどあからさまだ。

「言ってたような言ってなかったような」

佐和ばあが歌うように言い替える。紫色のカリフラワーと言おうか、ありがたい大仏と言おうか、そういう頭を左右にふわふわ倒しながら、梅を詰めたタッパーにふたをした。

「この前、孫が持って帰ってきたやつ。きんとんのお菓子、茉奈ちゃんが作ったって聞いたよ。ギンナンとカボチャを混ぜたあれ、んめかったよー」

この時季、ギンナンがよく落ちている。ゴム手袋をはめて果肉を落として、ギンナンを取り出したら、水洗いして乾燥させる。封筒に入れてレンジで加熱し、殻《から》を剝《む》けば食べられる。この一連の作業での最大の試練は匂い。それさえ乗り越えられればおいしいものにありつける。

カボチャは、母が育てたものだ。バイトが休みだった弟が運転する車でアパートまで届けに来た。母も運転免許は持っているが、たまに弟に乗せてもらってご満悦になっている。せまいアパートの部屋で母はお茶を飲んで、ご近所さんに孫が生まれたことや、父が作った鳥の餌台《えさだい》が一日で落ちたことなどを話していたし、弟はずっとスマホをいじっていた。

「まだまだ素人《しろうと》でお恥ずかしいですが、そう言っていただけると嬉しいです。ありがとうございます」

柴田におばあちゃんがいると、しかも食堂をやっていたおばあちゃんと知って、食べてもらわないわけにはいかないと意気込んでいた。あたしのお菓子がどう受け止められるか知りたかった。

「拓海は何も言ってねかったかい？」

「ええ」

「ありゃ。伝えろって言ってたんだけんどねえ」

あたしは柴田の背中をにらみつける。柴田は何かを感じ取ったのか、首をストレッチするようにぐるりと回して肩を上下させた。それからギンナンご飯の入った大きな炊飯器を手に厨房を出ていく。

「甘いカボチャとギンナンの香ばしさとほろ苦さがいかったね。砂糖はきび砂糖を使ったかい？」

「そうなんです。お分かりになりましたか」

あたしは身を乗り出す。

「ああ。風味が複雑になるんだ。カボチャは便秘解消、肌をピカピカにするしね。ギンナンは滋養強壮、咳止《せきど》め、痰切《たんき》り効果がある。あのきんとんは若い人から年寄りにまでいいお菓子だよ。あの子も褒《ほ》めてたよ」

「柴……拓海さんがですか？」

「内心じゃあ、褒めてらったと思うよ」

「食べていただけるのは嬉しいですし、作るのも楽しいです。それを気づかせてくれた拓海さんには感謝しています。これから先の楽しみになりました」

「そうかいそうかい。そりゃあいかった。孫に伝えとくよ『茉奈ちゃんがあんたのおかげで楽しさを思い出した』って。『これから先もあんたに作ってあげたいし、末永くよろしく』って言ってたって」

「あ、伝えなくて大丈夫です。佐和さん、リクエストがありましたらおっしゃってください」

「『佐和ばあ』でいいよ。もしお菓子っこばキッチンカーで売るんだば、この厨房ば使えばいい。ここは保健所の許可も取ってるすけ」

「え。ここで作る？　あたしが作ったものを売る？　考えたこともなかったです」

「拓海がおむすびば作って、茉奈ちゃんはお菓子ば作ればいいかっきゃ。ホレよく、旦那が珈琲《コーヒー》売って奥方がパン作ったり、旦那が焼き鳥焼いて奥方が酒っこば出したりしてらべ？」

キッチンカーでお菓子を売るというのは魅力的な提案だ。お客さんの反応が肌で分かるのを知った今、やってみたくなるのはどうしようもない。

茉奈ちゃん茉奈ちゃんと意識の外から呼ばれてハッとする。佐和ばあに顔を覗《のぞ》き込まれていた。

「なあしたね。ボーっとして、大丈夫かい？」

「やりたいです。よろしくお願いします！」


おむすびのパック、箸、紙袋を頭上の棚に収め、走行中に落ちないようにストッパーのゴムバンドを確認する。調味料等の重いものは下の棚に入れ、発電機などで動かないように固定。安全を確認したら出発だ。

あたしは助手席に収まる。視界は高い。

空は青く広く、あたしのテンションは上がる。

「食堂しばた」を出て、片側一車線の国道を久慈《くじ》方面へ向かって走り出す。こちら方面にはあまり来たことがない。道路沿いには車のディーラー、ソーラーパネル、松林、病院、畑、住宅。

爆音を上げて後ろから追い上げてきた乗用車が、横に並ぶと幅寄せしてきた。若者が四人乗っている。柴田が食ってかかりゃしないかとヒヤヒヤしていたが、彼はあくびをしただけであとは前を見据えて一定の速度を保ち続ける。若者たちは窓を開けて何か下品な言葉でからかうと気がすんだのか、再び爆音を上げて追い抜いていった。

「柴田、よく怒らなかったね」

感心すると、

「どうでもいいからな」

と淡白な答えが返ってきた。

「こういうことってよくあるの？」

「まあ、たまにな」

右手に折れると道はいよいよせまくなる。両脇からガードレールを越えて枯れたススキや乾いた笹が腕を伸ばすように道に張り出している。鳥が、突然林から飛び出して目の前を横切っていく。いつの間にかセンターラインがなくなっていた。

道なりに民家がぽつりぽつりとある。人が住んでいそうな地区でほっとするが、人じゃないものも住んでいるだろう。

銀杏木窪の大銀杏は遠目にも分かった。そこに光が溜まっているかのように華やかで明るい。近づいていくと、マイクロバスが見えた。フロントガラスには「巨木を愛する会御一行様」と書かれた表示が下げられている。

巨木を愛する会御一行様がスマホやカメラを向ける銀杏の木は、朱色の鳥居と小さなお社《やしろ》の奥に立っていた。

「初めて見た。大きいもんだねえ。何本もの木が寄り集まってるみたいに見えるけど、これ一本の木なんでしょ」

窓越しに感動しているあたしにかまわず、柴田は細い道をはさんだプレハブ小屋が建っている砂利敷きの空き地にキッチンカーをとめた。

降りると、銀杏のほうから「樹齢一〇〇〇年、高さ三〇メートル、幹回り一三メートルの雄株《おかぶ》です。なのでギンナンは生《な》りません」というガイドの説明が聞こえてきた。

確かに独特の匂いがしない。

一般的に巨木は、威圧感があり畏《おそ》れを抱《いだ》かせられるが、この銀杏はそうではない。圧倒的であるが、思慮《しりょ》深さと詫《わ》びさびを湛《たた》えている。

鳥が梢《こずえ》の高いところで鳴いている。そばで見上げれば空を覆《おお》うほどの黄金《こがね》色。地面も黄色いハート型の葉で埋め尽くされている。眩《まぶ》しい。

周囲の空気はきらびやかな黄金色に染まっていた。幹が割れたのか、地面に太い幹の一部が横たわっている。龍のようだ。

「自分の一部が裂けて落ちた時って、結構な衝撃があったんだろうね」

あたしは呟《つぶや》いた。

柴田はちらりと横たわっている幹へ視線を投げたが、何も言わず開店準備を始めた。

ここでは発電機を使う。外に運び出し、いくつもあるスイッチを入れ、紐《ひも》を素早く引いて稼働させる。かなり大きな音がする。

あたしはベージュのエプロンを身に着けると、車体脇腹のカウンターを出し、筆書きの『作りたて　ほかほかふっくらおむすび　心を込めてむすびました』のコピーに、おむすびの写真が印刷されたタペストリーを助手席のドアに取りつける。風をはらんで膨《ふく》らんだりすぼんだりする様が、おむすびをふっくらほかほかに見せる。カウンターをアルコール消毒してメニューを置く。折り畳み式の木製丸テーブルと椅子を二脚、設置する。

お客さんが集まってきた。どこに隠れていたのか、というほど。

お年寄りや黄色いヘルメットをかぶった人、荷台にリンゴ箱をぎっしり積んだ軽トラでやってくる畑帰りの人もいる。

お年寄りが「米ば炊いてそれを握るっていうのがもうこの歳になると大儀でねえ」と話すのを聞いた。

勝手なイメージで、ご老人はご飯を握りさえすればできるおむすびをわざわざ買わないんじゃないかと予想していた。そんな己《おのれ》を恥じる。

「んめそうンたものばっかりだ」

「んだんだ。誰かが握ってくれるおむすびは、んめもんだ」

と、夕飯の分まで買っていってくれる。

来たものの、メニューを一瞥《いちべつ》して買わずに帰る人もいる。帰りかけた人にリクエストがあればできるだけ添いますよと声をかけると、手を振って「値段がね。ほんのちょびっとの具で一八〇円は高《たけ》ぇよ」と不服そうな顔をされた。

柴田に聞こえたらしく、彼は「はあ？」と声に怒気を含ませカウンターから身を乗り出した。車の走行中での妨害行為にはどうでもいい態度を取ってやり過ごしていたが、こと、おむすびにおいてはそうはいかないらしい。

あたしは慌《あわ》てて間に入り、材料費と燃料費の説明を始めたが、途中で帰られてしまった。長靴をはいたおじさんが、「手間暇だってかかってんだすけなあ。おむすびもそうだけンど、米ば育てる苦労ば知ってりゃ、あんなこた言えねえべ」と、理解を示してくれたことに少し救われた気がした。

一時過ぎ。客足が途切れたのを見計らってお昼にする。

エビチリおむすびとギンナンおむすびを作ってもらった。大きさの指定はしなかったが、柴田は、二個で一個半の大きさにしてくれた。

椅子に腰かけ黄金色に染まる銀杏を眺めながら食べる。

エビチリのエビはプリプリで弾力がある。甘辛《あまから》ソースはショウガとニンニクの香りが鼻に抜ける。ギンナンおむすびは、うっすらと塩味で、ギンナンのほろ苦さとご飯の甘さがよく合っていた。つるりとした舌触りと、にちっにちっとした食感も楽しい。

柴田はキッチンの作業台に寄りかかって大きなおむすびにかぶりついている。いつかのようにご飯が切れたということがないので、あたしも心置きなくおむすびを味わえる。

「柴田はいつ頃から料理始めたの」

「……小学校五年生頃かもしれねえ」

「五年生っていえば家庭科が始まるんだもんね。それきっかけに始めたんだ」

「まあ、それもある」

あたしは再びおむすびを口に運ぶ。

「おいしい。作り手には問題があっても作り出されたものは完璧だ」

「何か言ったか」

「何も。あんた食べるの好きだったもんね。作った料理はご家族にも食べさせたの？」

「まあな」

「喜んでくれたでしょう」

「まあな」

「佐和ばあは嬉しかったろうね。その当時は食堂を切り盛りしてたわけでしょ」

「そうだな。ばあちゃんは何作っても受け入れてたな。卵の殻《から》が入ったのも『カルシウムが摂《と》れる』っつってたし醤油《しょうゆ》入れ忘れたのも『塩分控えめ』っつってたし、煮物の大根が硬かった時は『たまにゃ歯も顎《あご》も使わねば』って。その感想が単純に嬉しかったんだよな。当時はばあちゃんが本当に喜んでくれてると思って、どんどん作った。上手《うま》く乗せられた」

「本当に喜んでたはずだよ」

柴田は最高に機嫌のいい柴犬みたいに笑った。

お昼休憩を終えて少しすると、一組のおじいさんとおばあさんが連れ立ってやってきた。おじいさんが柴系の犬を連れ、おばあさんはべっ甲柄《こうがら》の杖《つえ》をついている。先頭を行く犬は、二人をたまに振り向いて距離を測り、リードがピンと張らないように加減して歩いているのが見て取れた。

近づくにつれ、おじいさんがあたしを見てケホッと咳をした。あたしは「ま」の形に口を開けた。

「松井《まつい》さん！」

夏の間、一緒に働いた松井雄二《ゆうじ》さんだ。カーキ色のフリースに、しっかり裾上《すそあ》げされたコーデュロイのベージュのパンツを合わせている。毛織物の帽子をかぶっていた。

「久しぶりだな市川さん。元気にしてらったかい」

「ご無沙汰《ぶさた》しておりました。おかげさまで元気です。松井さんもお元気そうで何よりです」

松井さんが、隣のおばあさんを「家内の千代《ちよ》だ」と紹介してくれた。暖かそうなフェルトの帽子をかぶってすみれ色のロングニットを羽織った千代さんは「主人がお世話になりました」と丁寧《ていねい》に頭を下げた。

松井さんが千代さんにあたしを紹介してくれる。

「市川さんは仕事が休みの時は、このおむすび屋ば手伝ってるんだ」

松井さんが千代さんに説明した。

あらま、それは楽しいでしょうねと千代さん。

「しょっちゅう何か食ってる子で、仕事が昼休みに及んでもやってのける根性のある子だ」

貶《けな》されてるんだか褒められてるんだか判別がつかない。でも、仕事ぶりを見てくれていたのがありがたい。

「昼休みも仕事してんのか」

柴田が眉を上げる。軽トラで待っている先客のおばあちゃんのおむすびを作っている。

「しょうがないよ。仕事が終わらないんだもん」

また譲っていると指摘されるだろうか。

「仕事より飯だ」

柴田の断言に、あたしは噴き出す。おむすび屋の店主は、何がおかしいのかてんで分からないといった顔で首を傾《かし》げている。

「食べなきゃ力が出ませんもんね」

千代さんが賛同する。口の中で丸く反響するような声だ。

「責任感があるのは立派だが、課の人たちと昼飯さ行く時間逃して、一人で倉庫で食ってるのはつまらねえべ」

と、よくご存じの松井さん。柴田には知られたくない情報だ。

千代さんが気の毒そうな顔をする。誰かと食べなくても、あたしは別にみじめじゃないのに、なんだかみじめであらねばならないような気がしてくる。

「まあ、一人だと自分のペースで食べられるし考え事もできるし、悪くはないですからね」

おむすびを作りながら柴田が言った。まるで、フォローしてもらったような気がする。

それであたしの気分も軽くなった。

「お二人はお散歩ですか？」

「そうなんです。家はこの近所にあるので、大五郎《だいごろう》の散歩にも、あたしのリハビリにもちょうどよくって」

千代さんがほがらかな笑みを見せる。

足元の大五郎という犬が千代さんを見上げて尾を振る。口角が上がり目がキラキラしている。どっかで見た顔だ。あたしは流れるように柴田と犬を見比べた。

大五郎は知らない人であるあたしを見上げてお座りをした。微笑みかけると、尾を振る。

「ここにキッチンカーがいらっしゃったのは初めてじゃないかしら」

千代さんが物珍しげにキッチンカーを眺めた。

「たまに来てました」

柴田が穏やかに訂正する。

「それじゃあ、タイミングが合わなかったのね。おいしかったです」

「召し上がったことがあったんですか」

あたしはたずねた。

「夏の間、主人がお昼に、あたしにも買ってきてくれたんですよ」

千代さんが声を弾《はず》ませる。松井さんは大五郎を見下ろしている。

「ご夫婦で一緒のものを食べるっていいですね」

「歳だすけな。いつまで二人で飯ば食えるか分からんすけ」

松井さんが渋面《じゅうめん》をこしらえて、額《ひたい》をかく。

「ふふふ。やあね。まだまだ食べれるわよ」

と、千代さん。

おむすびをはさんで、松井さんご夫婦が仲睦《むつ》まじく食事を楽しんでいる姿が容易に想像できた。

あたしは千代さんにメニューを渡す。

「何を頼もうかしら。最近疲れやすくなったのよ。ここまで来るのにも時間がかかっちゃってね。元気が出るものがいいわねえ」

「それならギンナンのおむすびがいいです。滋養強壮効果がありますから」

柴田が勧《すす》めた。軽トラのおばあちゃんに紙袋を渡し、お金を受け取る。あたしはおばあちゃんにありがとうございましたと頭を下げて見送る。

「ギンナンがあるの？　あら、ほんと。ここに書いてあるわ。まあまあ嬉しいこと。今はリウマチでできなくなっちゃったけど」

ニットのミトンをはめた手で握る杖を、軽く浮かせて肩をすくめた。「昔はよく殻を剝いてギンナンご飯を炊いたものよ」

迷うことなくギンナンおむすびを注文し、小さめでとリクエストした。

「たまにこの人がおむすびを作ってくれるんだけど、あたしには大きすぎて食べきれないの」

と、松井さんを空いたほうの手で指し、ふふっと肩を揺する。松井さんが咳払いする。

「オレは塩むすびがいい。米が好きなんだ」

「あら、ギンナンにしなさいな。もうずっと食べてないでしょ」

松井さんは口を噤《つぐ》む。

「ギンナンおむすびでいいですか」

柴田が確認する。松井さんは口を引き結んだままエヘン、と咳払いして渋々頷《うなず》いた。あたしは噴き出す。

千代さんがメニューを返してくれる。

「おむすびはいいわね。お茶碗を持てなくなっても片手で食べられるもの」

「持ちにくいですか?」

「そうね。それにお茶碗の重さにご飯の重さが加わるとさらに厳しくなるのよ。お箸も上手に扱えないし。和食でもフォークとスプーンで食べてるの」

苦笑いを浮かべる。

「銀杏の葉は煎《せん》じて飲めば、関節の炎症を抑えられるそうですよ」

おむすびを海苔《のり》で包みながら柴田が情報を追加する。

「あら、それは知らなかったわ」

あたしは銀杏の葉を集めようと、ビニール手袋を脱ぐ。

紙袋を取るべくカウンターの内側に手を伸ばすと、柴田がカウンターから差し出してくれた。受け取り、黄色いハート型の葉っぱを集めていく。しゃがむと葉っぱが近くなって眩しさも増す。あたしまで黄金色に染まりそうだ。

「あらら、そんなことしてくださらなくていいのに」

千代さんが遠慮する。

「いえ、好きでやってるので気にしないでください」

つるつるでしっとりした銀杏の葉は、触り心地がいい。きれいなものを選《え》りすぐっていると、リードを目いっぱい伸ばした大五郎がそばに来て興味深そうに鼻を寄せてきた。温かな鼻息が手に触れる。

大五郎は何かを理解したかのように突如《とつじょ》、こっちに尻を向けたかと思うとあと足で地面を蹴り上げ始めた。黄金色の葉っぱが舞い上がる。秋の午後の日差しを反射し、得《え》も言われぬほど美しい。

「こらっ大五郎、やめっ！」

松井さんが痰の絡んだ叱責《しっせき》を放つ。大五郎はキョトンと松井さんを見る。

「いいんですよ。大五郎君は集めるのを手伝ってくれてるんですから、ねえ？」

大五郎に話を振ると、彼は再び猛然と地面を蹴り始めた。あたしは銀杏の葉を頭から盛大にかぶりそうになり避ける。葉っぱや土埃《つちぼこり》などをくっつけた状態で、おむすびをお客さんに受け渡すわけにはいかない。

千代さんが、「ごめんなさいね」と目尻に優しいしわを溜めながら大五郎とあたしの間に立ってくれるが、その顔を見ると、いえいえなんぼでもかぶりますからと言いそうになる。

大五郎のお手伝いもあってあふれんばかりに集めた銀杏の葉を、松井さんに渡す。えへん、と咳払いした松井さんと「ありがとうございます」と目を細める千代さん、紙袋に鼻を伸ばす大五郎。大五郎はそれぼくも手伝ったやつですよねと、誇らしそうな顔をしている。

秋の木漏《こも》れ日に包まれた二人と一頭が身を寄せる光景は、神々《こうごう》しくすらある。

松井さんたちは椅子に腰かけておむすびを食べ始めた。大五郎は白飯を食べている。

「ほんと、おいしいこと。また食べられて嬉しい」

おむすびをこちらに掲《かか》げて千代さんが微笑む。指先がぐにゃりと曲がっていて、銀杏の根っこのようにごつごつと硬そうに見えた。

千代さんはおむすびをパックに戻すと、手を膝《ひざ》に下ろし、こすった。しょんぼりと肩が丸まる。

「醜《みにく》い手で恥ずかしいわ」

ぽつりと呟いて、悲し気に微笑んだ。

大五郎が千代さんを見上げる。松井さんはテーブルの上の一点を見つめてギンナンおむすびをもっつもっつとかじっていく。

「そんなことありませんよ」

あたしはそう言った。

「オレは好きな手です」

柴田はそう言った。

千代さんは目を丸くして柴田を見た。

「あらまあ。そうかしら。どうして?」

「ご自身や周りを支えてこられた手ですから」

千代さんは、真偽を見極めるように柴田をじっと見た。圧のある眼差《まなざ》しだったが、柴田は平然としていた。

千代さんは丸まっていた肩を戻し、ゆっくりと深呼吸した。手を見つめ、それから手袋をはめる。大銀杏を見上げ目を細めた。

とっくに食べ終わっていた松井さんは、千代さんが食べ終わるのを待って腰を上げた。

「おい、帰るぞ」

「まだもう少しゆっくりしていたっていいじゃない」

「家でゆっくりすりゃいいだろ」

「ほーんと、せっかちなのよねえ」

千代さんは杖につかまって立ち上がった。それを松井さんは見守っている。

大五郎が歩き出す。松井さんがリードを握ってそれに続く。千代さんがこっちに歩み寄ってくる。あたしからもそばに寄っていった。

千代さんは、片手を口に添えて声を潜《ひそ》める。

「本当はあの人、あたしの体が冷えるのを心配してるのよ」

と、ほくそ笑む。

あたしも悪巧《わるだく》み仲間のように首をすくめて忍び笑いした。

「おい、帰るぞ」

松井さんが呼ぶ。

「はいはい。……じゃあ、またね」

千代さんは胸の前で手を振った。

「はい、また。お待ちしております」

夕飯用のおむすび三つを提《さ》げて帰っていく松井さん夫婦と大五郎を見送る。

松井さんは千代さんの手を取りはしないが、何かあったらすぐに支えられる距離を保っている。その距離感が絶妙だった。夫婦が培《つちか》ってきた時間のなせる業《わざ》なんだろう。

「柴田、葉っぱの効用まで知ってるんだね」

「ばあちゃんの知恵」

お客さんがはけ、調理から手が離れた柴田は、神がかった不機嫌顔に戻っている。泳いでいないと死んでしまうマグロか、喋《しゃべ》ってないと死んでしまう芸人のように、食に関わっていないと機嫌の維持が難しい病気か。

「さすが佐和ばあ」

あたしは手を合わせた。

「拝《おが》むな。まだ生きてる」

あたしは柴田に向かって手を合わせた。

「拝むな！」


三時過ぎには切り上げた。

帰宅してすぐ、柴田はトラックの掃除を始めた。床をモップがけし、シンク下のポリタンクの排水をする。余った料理や調理器具は元店舗の厨房に運ぶ。

あたしは器具の洗浄と消毒を担当する。柴田はしなくていいと言ったが、最後までやり遂《と》げたい。

洗っていると、佐和ばあが声をかけてきた。

「茉奈ちゃん、晩げまんまば食べてけ」

みんなでご飯――。気持ちが強張《こわば》る。

「え、あ、はい。ありがとうございます」

お腹《なか》の空《す》き状態を探りつつ、周囲の食べるスピードを測ってちびちび食いをして興醒《きょうざ》めさせた苦い経験が胸をふさがせる。

でもご厚意は断れない。

どうすれば……。

考えて閃《ひらめ》いた。そうだ、そういえば柴田が教えてくれたんだっけ。

「あの」

思い切って小食であることを伝えた。佐和ばあは、あっさり「うん」と言った。拍子《ひょうし》抜《ぬ》けした。逆に、本当に分かってくれたのだろうかと疑ってしまいそうになるくらい。


秋の日は釣瓶《つるべ》落としとはよく言ったもので、外はあっという間に暗くなる。

佐和ばあは、ちゃちゃっと夕飯を用意してくれた。

元食堂のテーブルを三人で囲んだ。

立っていた時より目線が下がるとまた、見える景色は変わった。牛乳メーカーのガラス張りの冷蔵庫や大きな金色のやかん。乾物屋の店名が書かれた細長い鏡。こういうの、昭和レトロというのだろうか。落ち着く。

食卓には、大皿に盛られた料理が並んだ。エビチリ、ひじきの煮物、豚のショウガ焼き、鮭の塩焼き、シイタケの旨煮《うまに》。梅干し。小分けにはされていない。

「ご飯はそっから自由に盛って、好きなだけ食べたらいい」

キッチンカーの炊飯器が、カウンターにでん、と据えられている。

それを聞いて強張っていた気持ちがほぐれた。人からよそわれると「ノルマ」としか思えなくなってしまうから。

「ありがとうございます。ごちそうになります」

ありがとうございますをもう一〇回は言いたい。

茶碗によそう。佐和ばあと柴田にもよそった。こういう場合は人の分も自分がよそえば、プレッシャーがかからない。

佐和ばあがピラピラした大きな豚のショウガ焼きでご飯をくるりと巻く。それを真似たいが我慢。肉巻きにすると、あっという間にお腹がくちくなる。よそでよばれる時は食べ方にも気をつけねばならない。あたしはたれがたっぷり絡んだ豚肉をかじる。

「おいしいです。たれと脂《あぶら》の甘さが混じり合ってコクが出ていて」

「そりゃよかった。おいしいのが一番だ」

佐和ばあが頷く。

一口一口かみ締め細やかに味わっていく。

「茉奈ちゃんは一人暮らしかい？」

「はい」

「んだら、自分でまんまば作ってらんだべ」

「えーと、あ、はい」

たまに作るようになった。

「茉奈ちゃんのご両親はどうしてらんだ？」

「市内で元気に暮らしていますよ。母は畑仕事にはまってるんです」

「畑はいいね。あれは気持ちっこが和《なご》むんだ。あたしも好きだよ。茉奈ちゃんのおっかさんとは気が合いそうだ。きょうでぇはいるんだか？」

「一つ下の弟がいます」

「ほんだら二五歳くらいかい。働いてらんだべ。結婚はしてら？」

「いいえ、まだ」

彼女からヒモを解消されて実家に戻りバイト中ですとは、明かせない。

「柴……拓海さんのきょうだいは？」

柴田はご機嫌に食事を続けている。食事をすると人の気は緩《ゆる》むというが、こんなに分かりやすいサンプルはないだろう。滑りやすいエビチリを苦もなくつまむ。きちんとした箸の持ち方は目を引く。

「三つ上の兄と、五つ下の妹がいる。兄は家族を持って、市内のディーラーで働いてる。妹は岩手《いわて》の大学に行ってて一人暮らし」

「ディーラーってことは、キッチンカーは」

「兄の店でかなり割安で売ってもらえた」

「キッチンカーっていくらするの」

「車の制作費用はオレのやつだと設備とか、発電機とか雑費とかいろいろ含めて五〇〇万ってとこだったな」

「ご、ごひゃく……ローン？」

「助成金と貯金。申請しただけで得する制度があるって聞いたんだ。貯金ができたのは、前のレストランの給料がそこそこよかったのと、この家から仕事に通わせてもらってたから住居費がタダだったおかげ」

柴田が佐和ばあに手を合わせ、佐和ばあから「あたしゃまだ死んでないよ！」とツッコまれた。

「ご両親は元気なの？」

「元気で仕事行ってるよ」

「次男坊がキッチンカーを転がしてるのを、家族は何て言ってるの。反対はされなかった？」

「ばあちゃんと妹は賛成したけど、親と兄貴には反対された。ただそれは、使われてる身の人たちだから、独立ってのが今一つ分かってないとっから来た反対だったと思う。最終的には『責任の取れる範囲でやるなら好きにすればいい』と言った」

「よく説得できたね」

「説得する気はなかった」

「はい？」

「まずは兄貴のところにトラックを買いに行った。兄貴は驚いていたが、覚悟を分かってくれた。親は、トラックが納車されたらもう反対しなかった」

「あ。ああ、へええ……」

らしい。

全員が賛成というわけじゃなかったんだ。でも。

「キッチンカーのおむすび屋さんっていい仕事だと思うよ。やってよかったよ」

柴田がこっちを向いた。

「人を喜ばせるもんね。特に今日は松井さんご夫婦に会って、千代さんを喜ばせたし」

「松井さんっちゅうのは？」

佐和ばあがたずねる。あたしは松井さんご夫婦の話をした。

「いい夫婦だね。亭主を思い出したよ」

佐和ばあは店内に視線を巡らせると、懐《なつ》かしそうに目を細めた。

「亭主と食堂やってた時は、ここはいつだって賑《にぎ》やかで、あったかかった。だすけ、あんたたちが厨房でなんやかんややってると、この店が生き返ったみてぇで嬉しくってさ」

佐和ばあは、キラキラした目であたしたちを交互に見た。

「あんたたちにも、そういう夫婦になってもらいたいね」

ぶっちりぎで先走るだけ先走った要望を伝えてくる。

あたしはとうとう笑いだし、柴田は盛大にむせ、そこいらじゅうを大惨事にした。


夕食の席がお開きとなり、佐和ばあに見送られて——柴田の見送りはないし、元より期待していない——帰路に着く。

顔が緩んでいるのを自覚する。

一人で飲み食いするほうが自由で気楽と思っていたけど、佐和ばあと柴田との三人の食事は自由で気楽で、楽しい。

信号で止まる。

助手席から紙袋を取り上げて膝の上に置く。佐和ばあがタッパーに詰めてくれたお惣菜《そうざい》だ。じんわりあったかい。

明日はこのお惣菜に合う、とびきりおいしいご飯を炊こう。

倉庫内が少し冷えてきたので、ブルーヒーターの火力を上げた。

注文の品が収まる棚へ向かう。棚の横板にはそこにある品物名が書かれた紙がセロテープで貼ってある。松井さんの字だ。

黄ばんで剝《は》がれかかっているセロテープを取って、新しいセロテープで留《と》め直す。

品物の大まかな位置は柱にペイントされている数字を目安にしているが、細かなところは探さねばならない。それが積み重なって結構な時間を食っていたのだが、松井さんの工夫のおかげでその時間を短縮することができている。以前は、その下に貼られた消費期限も松井さんの字だったが、今は、マスキングテープの上にあたしの字だ。

松井さんのやり方を引き継いで、新しいアイテムが入った時には品物名と消費期限を貼り、同じ品が追加された時には消費期限を更新するようにしたのだ。

松井さんの工夫はそれだけではなく、手前から一番奥にある商品をロットごとに少しずつずらして、全ての消費期限が一目で把握できるようにしてあった。ちょっとしたことなのだが、ちょっとしたことだからこそ積み重なるとぐんと効率が上がる。

お昼のチャイムが響き渡った。

社屋から社員が続々と出てくる。

あたしは仕事を切り上げ、スチール机に小型の帆布《はんぷ》バッグを乗せた。

空《から》の台車を転がして戻ってきた小坂が目をぱちくりさせた。

「珍しいですね。昼休憩に仕事してない市川さん見るなんて」

「仕事より飯」

小坂は眉を上げただけで、次いでバッグに目を留めた。

「ひょっとしてそれ弁当ですか?」

「そう」

バッグから弁当箱を取り出す。久しぶりに弁当箱を買った。昔よりサイズや機能性や素材などの種類が豊富で選ぶのが楽しかった。楽しんで弁当箱を選んでいる自分自身が新鮮だった。

社屋から出てきた男性社員らが、遠巻きに弁当を見て意外そうな顔をする。彼らはあたしがお菓子を作ることだって知らないだろう。

「急に弁当なんて。何かあったんすか」

「たまには作ってみようと思ったんだよ」

「にしても、ちっさ」

「いいんだよ。どうせ間食するんだから」

ふたを開ける。卵焼きとブロッコリーのサラダとおむすび。

「シンプルですねえ」

「最初はこれくらいのほうが、作るのが億劫《おっくう》にならないの」

「そうすか。ぼくは買いに行ってきます」

「いってらっしゃい」


もうすぐ一二月。

空はスッキリと晴れて、息が白い。空気はキリリと引き締まり、日差しは繊細。青森県八甲田《はっこうだ》の酸ヶ湯《すかゆ》温泉では早くも三〇センチほど雪が積もっているらしいが、太平洋側の八戸市ではまだ降雪はない。

今朝は、厨房でお菓子を作らせてもらった。先日、実家から再びドアの前に届けられたカボチャと、佐和ばあが保管していたギンナンを使ってのきんとん。二〇分でできる。

柴田が割ってくれたカボチャを、レンジでやわらかくし、封筒にギンナンを入れてレンジで数十秒加熱。亀裂《きれつ》の入った殻を剝く。こちらのギンナンはくすみがかった黄色をしていた。

カボチャをむっちゅむっちゅと潰《つぶ》しながらきび砂糖を加え、ギンナンを混ぜて茶巾《ちゃきん》絞りにする。カボチャの鮮やかな黄色の中に、深みのある黄色をしたギンナンが見え隠れし、素朴で実直な雰囲気がある。

厨房とキッチンカーを、料理を抱《かか》えて往復していた柴田が、横から一つつまんで口に放り込んだ。

幸せそうな笑顔に、思わずこちらも顔がほころぶ。

ラベルを貼った小さなセロハンの袋に入れて、口を金色のレースのリボンで結んだ。ラベルは、茶色で「&《アンド》」とステンシル風の一文字。袋の裏には、加工場所と製造年月日が入ったラベルも貼ってある。

これは佐和ばあがパソコンで作ってくれたのだ。公民館のパソコン講座で、習いたいことを講師にリクエストして講座内容に取り入れてもらっているという。おかげで、本来なら年賀状や老人組合のお知らせといったものを作るところ、商品のラベル、チラシ、ロゴデザインといった佐和ばあ以外には全く用のないものばかりの講座内容になってしまっているようなのだが、お年寄りたちは、先生が教えてくださるものだから、と従順に従って着々と手の込んだ商品のラベル、チラシ、ロゴデザインの技術を上げているそうだ。

キッチンカー「&」が、国道四五号線を南下する。

「今日も大銀杏へ行くんだよね」

あれから数回行っている。

「ああ」

「この間、松井さんご夫婦、来なかったたね。今日は来るかな」

「ここのところ、見ていない」

「そうなんだ……」

大銀杏はあらかた葉を落としていた。

地面を覆う葉っぱは日々の霜を受けてくすんだ黄色。相変わらず幹は太いが、露《あらわ》になった枝は華奢《きやしや》。その細い枝の間を冷たい風が抜けていく。

開店準備をそろそろ終えようとした頃、常連さんがちらほらやってきた。

「このきんとんも売りものですか？」

そのうちの一人が、カウンターの隅で、籐《とう》製のかごに並べていたそれに気づいてくれた。

「はい。こちら、ご試食できますよ。いかがですか？」

ドキドキしつつ試食用に小さく切ったきんとんに爪楊枝《つまようじ》を刺して手渡す。

味見して、買ってくれる人もいれば、買わない人もいる。おいしいとか、口に合わないとか、もう少し甘いほうがいいという人もいれば、もう少しあっさりしているほうがいいという人もいる。大きいほうがいいという男性もいれば、ちっちゃくてかわいいと歓声を上げる女児もいる。

自分が作ったものの評価が端的につきつけられるスリルは、なかなか味わえるものではないし、生の反応はおもしろい。否定的な感想をいただけば、そりゃ一時は胸がチクリとするが、それも一つの経験だと思えば気持ちの落としどころに困ることもない。第一、次に作るものの参考になる。あたしはきっと、もっと腕を上げたいんだろう。

以前、値段が高いと苦情を述べ《の》た男性が若干《じゃっかん》気まずそうにやってきた。

「この前、ここのおむすびを近所の人からもらったんだ。旨《うま》かった」

「そうですか。お口に合ってよかったです」

頬が緩む。

男性は、あたしの顔面に向かって指を二本立てた。

「たらこのおむすびを二つ」

「ありがとうございます。ついでにきんとんはいかがですか」

「それは間に合ってる」

五十代半ばに見える常連の女性客が犬を連れてやってきた。柴系の犬を見て、あたしはつい「大五郎」と呼んでしまった。それほど似ていたのだ。

柴犬がこっちを振り向き尾を振る。

常連さんが目をパチクリしたので、あたしは咄嗟《とっさ》に謝った。

「すみません。松井さんが……よく知ってるご夫婦が連れていたワンちゃんに似てたものですから」

彼女は頷いた。

「似てるも何も、大五郎だよ」

「え？　そうなんですか」

大五郎があたしの足元をすんすんとかいで顔を仰向け、口角を上げる。

「そぉよぉ、よく覚えてたねえ」

犬を褒めたのかと思って顔を上げると、女性が見ているのはあたしだった。

背後からおむすびを注文する声が聞こえてくる。

「ええと、松井さんご夫婦は……？　もしかしてご旅行中でしょうか。それでその間だけ散歩を引き受けてらっしゃるとかですか？」

あたしの予想に女性は顔を曇らせ、声を潜めた。

「もう二週間くらい前さなるべか。奥さんが亡くなったんだよ」

あたしは絶句した。

またね、と再会を期する言葉とともに、小さく手を振る千代さんの姿が脳裏をよぎる。その手にミトンはつけていなかった。曲がった指先全てに陽光が注がれていた。

まさにここ。この場所で別れたのだ。

「松井さん、外さ出ねくなってしまってさ。んだすけ、あたし隣だもの、大五郎ば散歩させてるんだ。餌はやってるみてだどもな。あたしも松井さんの姿は見てねの。でも、夜さなれば家っこさ明かりはつくし、新聞も取り込まれてる。生きてることは生きてるみてなんだよ」

頭の中が濁ってくる。

「いつも散歩してらったべ。ご夫婦で」

「ええ、リハビリとおっしゃってました」

「んだんだ。それが原因だったのさ」

リハビリをかねた散歩中、転倒した。その時は起き上がれたし、歩いて帰宅もできたのだが、数時間たって様子がおかしくなり、松井さんが救急車を呼んだ。運ばれた病院で息を引き取った。

大五郎を見下ろすと、ご夫婦の愛犬は小首を傾《かし》げてあたしを見上げていた。黒目は切ないほど澄み切っている。

常連客の女性は、松井さんの分もギンナンおむすびを買っていった。


翌週のことだ。

お客さんの注文を柴田に伝え終わった時、背後から足音が聞こえてきた。振り返ったあたしは、あ、と口を開けた。

松井さんだ。

松井さんが大五郎とともにやってきたのだ。

相変わらずムスッとした気難しい顔をしているが、相当憔悴《しょうすい》している。厚着をしていても痩《や》せたのが見て取れた。

「松井さん……」

あたしは駆け出しそうになるのを抑えて近づいた。

松井さんは落ちくぼんだ目をあたしに向けた。間近で見るとその顔色は段ボール色で、くすんでいる。顔中がちりめんじわに覆われていた。急に一世紀くらい歳を取ったかのように見える。

エェンッと咳払いをした。

「ギンナンの握り飯ば三つ」

「……はい。三つ。かしこまりました」

松井さんに確認してから柴田に注文を通す。松井さんはポケットから小さな黒い財布を出すと、お札を一枚柴田に差し出した。お札が震えている。柴田はお釣りを返す。

「知ってらったかい」

何をかは言わない。あたしも聞かない。代わりに、このたびは、と言いかけるのにかぶせて、松井さんは咳をした。

「外さ出る気力はねかったども、いつまでも隣の人さ大五郎の散歩ばしてもらうわけにいかねべ」

毛の長い眉を寄せる。よく見ると、眉にもまつ毛にも白いものが交じっていた。

大五郎は自分のことを言われているのが分かるらしく、松井さんを見上げて尾を振る。

松井さんは大五郎を見下ろし、それから銀杏を見やった。

「ばあさんとは五〇年近く連れ添った」

そう、ぽつりともらす。

寒風が吹く。足元の銀杏の落ち葉がカサカサと音を立てる。

松井さんは首をすくめて、リードを持つ手を握り合わせる。銀杏の落ち葉と同じ音が聞こえる。

銀杏の木にかろうじて残っていた葉っぱが数枚、空の椅子に舞い降りた。

松井さんと話したい。

松井さんも聞いてほしいんじゃないだろうか。だから、千代さんと五〇年連れ添ったと口にしたんじゃないだろうか。

話すとなれば長くなるだろうから、腰を落ち着けたいが、松井さんに冷え冷えの椅子を勧めたくはない。できれば、ヒーターのついた暖かいキッチンカーに乗ってもらいたいところだが、それには柴田の許可が必要だし、松井さんの話を聞くためには、自分の役割である接客を一時中断しなければならない。そうなると柴田が一人で接客し調理することになる。調理中はいいものの、それ以外はポンコツと言ってもいいほどの接客っぷりを発揮する羽目になる。

それが顧客《こきゃく》離れにつながってしまうのを懸念《けねん》していると、柴田が、三つのおむすびが入った紙袋をカウンターから差し出しながら「話をするなら運転席と助手席を使ってかまわない」と許可をくれた。

「えっ。ありがとう」

思いがけない申し出に面食らいつつ、紙袋を受け取って松井さんへと渡す。

「でも、こっちはいいの？」

「任せろ」

柴田がきっぱりと言った。

「市川が来ない時だって商売してるんだ」

「そ、そうだったそうだった。あたしがいなくたって商売を回していけてるんだ。たとえポンコツ接客とはいえども」

「何か言ったか」

「松井さん、助手席へどうぞ」

松井さんに乗車を勧める。

「犬も乗せてやれ」

「いいの？」

「厨房じゃないからかまわない」

「柴田、ありがとう！」

大五郎を乗せ、あたしは運転席に座る。

柴犬は松井さんの足元に座り、忙《せわ》しなく鼻をすんすん鳴らしていたが、ほどなくして温風の吹き出し口の前に身を寄せて丸くなった。

「初めの頃は、大五郎もばあさんがいないのが妙だと感じたのか、時々台所さ行ったり、洗濯機置き場ば覗いたり、座椅子の匂いばかいで首を傾げたりしてらった」

一通り家じゅうを探し回ったあと、松井さんのところへやってきて鳴くこともしょっちゅうだったそうだ。千代はどこへ行ったのかと、お前が追い出したのかと詰《なじ》っているようにも聞こえたそう。

「何年か前のばあさんのリウマチが始まった頃だったな。ばあさんが、あっち痛《いて》ぇこっち痛ぇ、手が醜いだのと、来る日も来る日も泣き言だの愚痴だのばっかり言ってたんだ。リウマチってのは相当痛ぇらしいな。寝てても痛みで起きるほどだ。気持ちがふさぐのもしょうがねえんだよ。だのに、オレはそんなことも思いやれずに『いい加減にしろ！　誰にだって痛ぇことも辛《つれ》ぇこともあるんだ。おめえだけじゃねえ』って怒鳴っちまったことがあったんだよ」

松井さんの声が震える。

あの時のばあさんの顔を思い出すとな……と松井さんは一点を見つめる。顎のつけ根が膨らんだ。

大五郎が松井さんを見上げる。

「ばあさんは出ていったよ。静かにな。いまだに、サンダルを引きずって遠ざかっていく足音が耳に残ってるよ。歩くのだってそりゃあ痛かったろうに。オレはしばらくしてから我に返ってな、家の中がやたら静かで、人が一人いなくなるとこんなに静かなもんなのか、こんなに寒々とするのかと腹の底がひやりとしたよ。大五郎がこっちばじっと見据えてたっけ。あの時の冴《さ》え冴《ざ》えとした目は今でも忘れらんね。大五郎に匂いばかがせて探しに出たさ。そしたらここにいたよ。この銀杏の前にしょんぼり立ってた。ばあさんの実家はとうになくなってるすけ、帰るとこなんかねぇんだ」

松井さんが咳をする。あたしは松井さんの白髪交じりのまばらなまつ毛を見つめた。背中を丸めた松井さんの姿がにじんできて、あたしはポケットからティッシュを取って目を押さえ、洟《はな》をかんだ。松井さんが、「泣かせちまったか。悪かったな」と謝る。あたしは首を横に振った。

「大五郎がいてくれてよかったよ。この犬っこは、ばあさんさ飛びついてちぎれんばかりに尾っぽ振ったんだ。それでばあさんの気が少しほぐれたんだ。オレだけじゃどうにもこうにも収拾《しゅうしゅう》つけられねがった。こいつのおかげで、またばあさんと暮らせるようになったんだ」

松井さんは大五郎を見下ろし、リードを揺らす。大五郎は耳をパタタと動かす。

「今、家の中はあの時と同じだ。大五郎にゃ、ばあさんは川さ洗濯さ行ってらど教えた。

分かったのかどうか知らんが、もう鳴かねぐなった。動物は切り替えが早《はえ》ぇもんだ」

松井さんは手にした紙袋をダッシュボードに置く。

「実は、ギンナンおむすびは苦手だったんだ」

「そうだったんですか。無理して召し上がってたんですか」

「まあな」

「どうしてまた」

「ばあさんの好物だったもんでな」

松井さんは紙袋を見つめる。

「普段のご飯はどうされているんですか？」

「もうずっと前から自分で炊いてら。ばあさんがリウマチさなってからオレは飯炊きが得意さなった。……得意さなったはずだった。だども」

松井さんが首を横に振る。

「まぐね」

「おいしくないですか……」

「毎日きっちり一人前炊くんども、二人前炊いてらった頃の半分もまぐね。一人分の飯なんちゃ、ままごとみてぇなもんだ。あれじゃあ、炊飯器もやる気は出ねんだべ」

窓越しに銀杏へ顔を向ける。地面に横たわる割れた幹の一部が見える。

体の半分を失くした気がすると松井さんはもらす。

「怒鳴っちまったのはもちろんだども、ばあさんが生きてるうちにもっとこう、なんちゅうが、声ばかけたり、手ば貸したり、支えだり、そういうことばすればいかったと後悔している。五〇年近く一緒にいたのだすけ、そういう機会は毎日いくらでもあったはずなんだ」

あたしは視線を落とした。その視線の先には松井さんのズボンの裾がある。あたしが裾を見つめていたまンだ、手が動いだ時につくろってくれたんだ、と呟いた。あたしが裾を見つめていたことに気づいたらしい。

「『ありがっとう』と伝える機会は目の前さあったのさ、オレはその一言すらも言えねかった」

重たい息をはいた。

「松井さん。おむすびを買って帰って一緒に食べたり、一緒にお散歩したりしたじゃないですか。千代さんは分かってらっしゃいましたよ。松井さんが案じてくれてるって」

松井さんが顔を上げた。あたしの目を覗き込む。嘘をついてやしないか、場当たり的なことを言ってやしないか、と疑っているようでもあるし、救いを求めているようでもある。

「本当ですよ。『あの人、あたしの体が冷えるのを心配してるのよ』と笑ってましたから」

松井さんの目の周りが赤く染まる。口が引き結ばれ、喉がぐっと鳴った。膝の上の手が固く握られていく。

白く曇ったフロントガラスに、銀杏の葉っぱが舞い落ちて張りついた。水滴が流れていく。

松井さんは咳払いをして、ありがっとう、と声を絞り出した。

「もちろんその『ありがとう』は千代さんに向けて、ですね」

あたしがそう確かめると、松井さんはこちらを見て、それから、まぶたの裏に映る思い出を包み込むようにそっと目を閉じて、頷いた。

キッチンカーから降りると、大五郎は前足を目いっぱい前に出して背中を伸ばした。それから後ろ足を一本ずつ丁寧に伸ばす。あくびをして、体を揺さぶった。

柴田が、紙袋を手に去っていくお客さんに、ありがとうございました、と告げていた。

怖ろしいほどの棒読みだが口調からつっけんどんさが若干抜けている、気がする。成長した。えらいぞ大五郎。あ違う、えらいぞ柴田。決して笑顔ではないが、妥協《だきょう》に次ぐ妥協、譲歩に次ぐ譲歩をすれば真面目な顔と言えなくもない。

松井さんがカウンターへ近づく。

「これは、きんとんだか?」

「市川が作った、ギンナンとカボチャのきんとんです」

柴田が伝える。

「なかなか旨いですよ。ちょうどいい甘さで、飽きが来ないです。ギンナンのささやかな苦味がカボチャの甘味を引き立ててます。ご覧の通り、手軽に食べられる大きさなので、食後につまむのにもいいですよ」

柴田があたしの作ったものをプレゼンしてくれる。驚いて柴田を二度見してしまった。明日、天変地異が起こって、柴田を残して人類が滅びるかもしれない。

「そいだば、二っつもらうべ」

「ありがとうございます」

個包装にしたそれを二つ渡す。

松井さんは一つをその場で開けて、口にした。

「んめなあ」

白いため息をつく。

大五郎が松井さんの脛《すね》につかまって、きんとんに熱烈な視線を向けた。

松井さんはギンナンをほじってカボチャを大五郎に与える。ギンナンは自分の口に入れた。

大五郎はペロリと食べて「まだぼくは食べてませんが、いついただけるのでしょう」という顔でまた松井さんの脛に前足をかけて伸び上がる。

「オレはもともと甘いのは得意でねかったが、ばあさんが甘いのが好きだったすけ、オレも食うようになったんだ。散歩も犬も、そう好きでねかったんだども、ばあさんさつき合ってるうちに好きになった。市川さんもそういうのはあるど？」

問われて、真っ先に思いついたのは。

「レバーです。といっても、『&』のレバーに限定してです」

松井さんがエエンッと咳払いをした。

「いいもんだ」

「はい。食べれるように工夫してくれてます」

「そうでねぇ」

「はい？」

「あんたら二人が、お互いのいいところば口さ出すのがだよ」

オレには難しかった、と松井さんは手のひらで顔を拭《ぬぐ》う。

あたしは柴田に視線を走らせた。ボウルを洗っている最中で、こっちには意識が向いていないようだ。

松井さんは、もう一つを口に入れる。

「一口でいける。これだば、ばあさんもぺろっと食べられるな。んめなあ。食わせてやりてかったじゃ」

しみじみと言って、目をやわらかく細めた。

追加で三つ買ってくれた。それを大事そうに手にする。

「ばあさんが、市川さんのことば買ってたよ。わざわざ銀杏の葉っぱをかき集めてくれたことを、銀杏の葉を煎じるたびに思い出しちゃ口さ上らせてありがたがってた」

「千代さんが……そうですか」

「それに、店長さん」

と、松井さんが柴田を見やる。

「前に、ばあさんが自分の手を醜いと貶《けな》したことがあったべ。その時、店長さん、あんたは」

柴田が手元から視線を外し、松井さんを見る。

「好きな手だって言ったな」

柴田は文句をつけられたと思ったのか、眉間《みけん》に深いしわを刻む。

柴田が何か失礼な言葉をはきはしないかとあたしは身構える。場合によっては柴田を殴ってでも止めねばならぬ。

「ばあさんは」

咳をした松井さんが続けた。

「家に帰ってからもご機嫌だった。膝の上で手ば、なでて労《いたわ》っていた。そんな姿を見たのは初めてだ。オレが言えねかったことを店長さんさ言ってもらえて、いかった」

風が吹き、銀杏の葉が一枚二枚と舞い散る。

葉がほとんど落ちた銀杏の向こうに青い空が見えている。秋の空ははるか遠い。

松井さんが帰ると、柴田がキッチンペーパーをロールごと差し伸べてきた。

「何」

「目の周りが黒い」

あたしはキッチンペーパーをちぎり、目に押し当てる。

柴田は洗いものを始めた。

松井さんが五つも買ってくれたものの、きんとんは余ってしまった。

持ち帰ってきたきんとんをつまんだ佐和ばあは「んめ。それにしてもよく売ったことぉ！」と目を見開いた。

「あまり売れませんでした」

肩をすくめると、佐和ばあは、

「初日で一個でも売れりゃあ大したもんだのさ、茉奈ちゃんは半分も売ったでないの。上等上等」

と、気を引き立ててくれた。

柴田が手提げ金庫を手に厨房に入ってきた。調理台にそれを置くと、ふたを開けてレシートとお金を取り出し、差し出してきた。

「きんとんが売れた分」

「え、いいよ別に」

「そういうわけにいかない」

「んだ。そういうわけさいかね」

あたしの両手に乗せられたお金は思った以上に多い。

「ありがとう。でも経費は引いてくれる？」

「店を手伝ってもらってるんだ。その分も含んでる。バイト代が嫌ならそれを受け取ってくれ。少なくて悪いけど」

「そんなことないよ。でも、もらっちゃっていいのかな。ただの素人なのに」

「いーんです」

と佐和ばあ。

「そりゃ茉奈ちゃんが稼《かせ》いだもんだよ」

あたしは胸いっぱいに息を吸い込み、頷いた。笑みがこぼれる。

「嬉しいです。自分で作ったものが直《じか》にお客さんの手に渡って対価を得られるって、充実感があるもんなんですね」

胸が高鳴っている。こんなことは近年ついぞなかった。

佐和ばあが手を叩く。

「さて、そしたらまんまさするべ。茉奈ちゃんも食べてけ」

「はい。ごちそうになります」


松井さんが入院することになったと聞いたのは、それから数日後。キッチンカーの外では初雪が舞っていた。

肺に悪いところが見つかったそうだ。

「歳も歳だすけ、どっかしら不具合は出てきても不思議ではね」

松井さんは悟ったような雰囲気を湛えている。

「長くかかるんですか?」

「どんだべなあ」

エエンッと咳払いをする。

あたしは視線を落とした。大五郎が見上げてくる。

「その間、大五郎は、犬好きの弟が預かってける」

いつもは見下ろすだけだった松井さんが、大五郎の前にしゃがんで目の高さを合わせた。

大五郎が小首を傾げる。

「いいか大五郎。オレは山さ芝刈りに行ぐ。泊まりがけだ。お前はオレの弟のところさ行くんだ。いいやつだ。広い庭もある。仲間も二頭いる。ボールもある。飯も質のいいもんば食わせてくれる。時々は骨もくれる。オレの病気がいくなったら迎えさ行く。それまでそこで元気に暮らすんだ。分かったな?」

大五郎は松井さんの言葉を一言一句聞きもらすまいと、耳をぴんと立てて聞いていた。

松井さんは去り際、銀杏を見上げた。その目はあの日の千代さんと同じ、愛おしそうな眼差しだった。

年明け、移動販売先に行く前に、病院に寄ったら松井さんが亡くなったと知らされた。

松の内だったそうだ。肺の病気で入院したものの、直接の死因は誤嚥《ごえん》によるものだった。ケアに当たっていた看護師さんは、松井さんがキッチンカーのギンナンおむすびの味を何度も口にしていたと語った。

病院を出ると、雪が降りしきっていた。

どんなに大雪だろうと、雪には音がない。

駐車場へ向かいながら、柴田が言った。

「今度は泣かないんだな」

あたしは目をパチパチさせる。潤《うる》んではいるが、涙はこぼれはしない。

「……千代さんの死が悲しくて松井さんの死が悲しくないってわけじゃないんだけど。五〇年連れ添って、千代さんと離れていたのは一か月くらいだったんだなって気づいたら、悲しみやつらさだけじゃないんだ。何て言うんだろう。お見事？　あっぱれ？　そういうさっぱりした明るさもどっかにあって、不思議な気持ちになってる」

そうか、と言った柴田は、続けた。

「銀杏の花言葉は『長寿』『鎮魂』だそうだ」

あたしは足を止めて、まじまじと柴田を見た。

柴田は、眉間の薄い皮膚を寄せてあたしを見返す。

「何だよ」

「『花言葉』って言葉が似合わないことこの上ない人を目《ま》の当たりにして狼狽《うろた》えているところ」

「ばあちゃんが言ってたんだよ」

あたしは銀杏木窪の大銀杏を思い浮かべた。あの黄金色は目に沁《し》みるほど鮮やかで、銀杏の木自体が光源となって周囲を照らしているようだった。光る梢が空に触れていそうだった。それを見上げる松井さんご夫婦と大五郎の一家もまた黄金色に包まれ神々しかった。どこまでも穏やかで安らぎに満ちていた。

「寒。おい、帰るぞ」

その声にハッとして呼ばれたほうへ顔を向けると、柴田が肩越しに振り向いて待っている。あたしは小走りで追いつく。

「あの人、あたしの体が冷えるのを心配してるのよ」

と呟いてみると、何だって？　と聞き返された。極めつけの仏頂面《ぶっちょうづら》の柴田からは、自身の体が冷えることのみを心配している印象しか受けない。

助手席に乗り込むと、くしゃみが出た。柴田がエアコンのスイッチを入れる。暖かな風が吹き出した。柴田自身が早く暖まりたいだけなのだろうが、そのおこぼれに与《あずか》れるからいいやと思っていると、彼がヒーターの吹き出し口をあたしのほうへ向けてくれた。

思わず柴田のほうを向いた時、黄色くて薄いものがひらひらと舞い降りてきた。それは一瞬、黄色い蝶に見えた。あたしの頭に下りる。

手を伸ばしかけたところ、あたしより先に柴田が取ってくれた。

つまれているのはイチョウの葉だ。

「どこに入り込んでたんだろう」

柴田の指先から葉っぱを受け取る。

黄色いハートは、色褪《あ》せることなく嘘みたいに鮮やかだった。


「食堂しばた」では、佐和ばあがガスコンロの前で鍋の番をしていた。

あたしたちの様子から「何かあったね」と察してくれた。

カウンターをはさんで、松井さんが亡くなったことを話すと、佐和ばあはぽつりともらした。

「松井さんは、咳をしてたんだね。奥さんの千代さんは、自分が好きだからギンナンを食べていたと言っていたそうだけンど、きっと効用を知っていて、実は旦那さんの咳止め効果ば狙って食べさせていたのかもしンねぇね」

千代さんは自分の好物だから松井さんにも勧めていると語った。仮に佐和ばあの言う通りだったとして、あなたのため、などと、恩着せがましくなりかねない勧め方はしなかったのだ。

「もしそうだとしたら、松井さんは、千代さんが自分のために食べさせていたと、察していたんでしょうか」

「はあって。どんだかねえ」

佐和ばあは煮物の湯気の向こう、窓の外へ目を向ける。鍋からはくつくつと穏やかな音がしている。温かな湯気とともに醤油と出汁《だし》のいい香りが立ち上ってくる。

玄関の引き戸のすりガラスには、雪片づけをする柴田の影が映っていた。手を止めることなくひたすら雪をかいては、放っている。

「知ってるか知らねかは夫婦にとっちゃ些細《ささい》なこととかもしンねな」

かぶっていたダウンジャケットのフードを取りながら柴田が入ってきた。そのフードから雪のかたまりが足元に落ちて砕ける。肩にも積もっていた。ジャケットを脱いで、玄関の外でバサバサと払う。引き戸を閉めた。

佐和ばあが落としぶたを取って、竹串を鍋のジャガイモに刺す。ニンジンにも刺す。

「おお、いい塩梅《あんばい》だ。どりゃ、まんまさ、すっか」

大鉢にどーんと肉じゃがが盛りつけられた。

柴田が厨房の手洗い場で手を洗う。それから茶碗に山盛りのご飯を盛り、豚汁をよそうと自分の箸を取って食堂のテーブル席に着いた。

あたしはテーブルに大皿のおかずを運ぶ。肉じゃが、カボチャの煮物、塩をまぶしたギンナン揚げ、白菜とひき肉の卵とじ。

ご飯と豚汁を用意して、食堂で使われていたお客さん用のお箸を揃えて柴田の斜め前に座る。

佐和ばあがサンダルを引きずってやってくると、パンダ柄のボトムのポケットから房《ふさ》つきの赤い紐で括《くく》られた細長い木の箱を取り出した。

紐をといてふたを開ける。赤と黒の箸が光沢《こうたく》のある紫色のクッションに埋もれていた。

そこから赤い箸をあたしに差し出してきた。

「注文ば受けてから山の木ば伐《き》り出してっかと思うくれぇ長くかかったども、やっと届いたよ。茉奈ちゃんのお箸」

「え。あたしのですか？　わあ、ありがとうございます」

押しいただく。

「んでこっちが、拓海のだ」

柴田に黒い箸を渡す。あたしのよりひと回り大きいが、先端部に滑り止めがついているのが同じだ。

「夫婦《めおと》箸だよ」

「はあ?」

柴田が呆れる。

「どっから買ったんだ」

そっちかよ、とあたしは内心ツッコみながら、さっそく肉じゃがを皿に取ってみる。滑らず使いやすい。ギンナンの揚げたものもしっかりつまめる。これは素晴らしい。

箸が、千代さんを思い出させた。お箸を使えなくなったんだったな。でも千代さんにはおむすびがあった。松井さんが作った大きなおむすび。

「ラクガンだよ」

そりゃ仏壇に供える菓子じゃねえか、と柴田がツッコミ、大手通販サイト名を挙げて訂正した。

「無駄なもん買うんじゃねえよ」

「孫の幸せを願うのに無駄ってことはねえよ」

「市川も、ばあちゃんに何とか言ってやれ」

「ありがとうございます！」

「そうじゃあねえよ。大体、おめえは他人と飯を食うのを嫌がってた口じゃねえか。めちゃくちゃナチュラルに参加しようとしてんな」

後半、なぜか誇らしげな柴田。

「ここでは別みたい。あと『お前』じゃないから」

「拓海。どっちみち、いずれ毎食一緒に食べることさなるんだすけ」

柴田が呟き込んだ。

「おや、拓海にもギンナンが必要かね」

佐和ばあがほっほっほと笑い、あたしは柴田の取り皿に、ギンナン揚げをポイポイと乗せてやった。

三章　ワカサギフライのおむすび

午後一時少し前。

「お疲れー」

張りのあるハスキーな声とともに駐車場のほうから倉庫に颯爽《さっそう》と入ってきたのは、商品課の富沢祐実《とみざわゆみ》先輩だ。除雪されたアスファルトを踏むロングブーツのヒールの音が凛々《りり》しい。腕に引っかけている紙袋の揺れさえキビキビしている。

椅子にほとんど寝そべって腰かけ、スマホをいじりながらコンビニで買ったとおぼしき菓子パンをかじっていた小坂《こさか》は、バネのように立ち上がった。背筋を伸ばし「祐実先輩お疲れ様っす」と大変礼儀正しいご挨拶《あいさつ》をする。

「おお、若者よ。いつも元気溌剌《はつらつ》でいいなあ。市川《いちかわ》ちゃん、これ間違ってた」

数字が並ぶ用紙がパソコンの横に置かれた。

「あ。すみません。今日中に直して持っていきます」

「忙しいとこ悪いね。明日中でいいよ」

「でも」

「いい、いい。どうせ、うちの課長の指示が間違ってたんでしょ」

あたしは苦笑いする。見抜かれている。見抜いてくれる人がいるというのは、時に怖いが、基本、ありがたい。

「前に課長のとこに持ってったら、人のせいにして言い訳ばっかりで、話が進まなかったんだよね。だから市川ちゃんに直《じか》に当たったほうが早いと思ってさ。都合よく頼っちゃった」

「合理的です」

と、言い替えて先輩を持ち上げる小坂。

「ところでお昼、ちゃんと食べた？」

「はい、お弁当を食べました」

「そんならいいけどね。お昼抜きとかはだめだよ。特に小食の市川ちゃんは。体に悪いから」

こっちの体を心配する先輩は目の下のクマが濃く、肌はくすんでいる。倉庫の中だから余計にそう見えるのだろうか。

「祐実先輩は食べたんですか？」

小坂が気遣《きづか》う。

「あたしはまだ」

「外回りでしたか。忙しいんすね。仕事立て込んでるならぼくに声をかけてください。いつでも手伝うんで」

小坂がここぞとばかりにアピールする。小坂が手伝ったら二度手間三度手間になって永遠に終わらないだろう。しかし先輩は「ありがと、その時が来たら頼むわ」と軽やかに流す。

「立て込んでるわけじゃないよ。というか、仕事ですらないから」

「それじゃあ悩みですか？　仕事じゃない悩みって……」

小坂の顔に不安と疑念がよぎる。祐実先輩が視線を天井のほうへ向けて、「……まあ、仕事っちゃあ仕事か」と呟《つぶや》いた。

小坂の顔が明るさを取り戻す。

「お昼まででしたら、これ食べてください」

コンビニの袋ごと祐実先輩に差し出した。おいおい、袋ごと渡すなんてあたしの時とはずいぶん違うじゃないか。あたしの時はおむすび一個惜しんでたじゃないか。

祐実先輩は手にしていた紙袋を軽く上げた。

「ありがと。でも買ってきたから」

紙袋の口から、税理士事務所のパンフレットが垣間《かいま》見えた。グレートライフが契約している事務所とは違う。

「じゃあ訂正よろしく」

あたしの肩を叩いて、きれいに除雪されたアスファルトの上をブーツの踵《かかと》を硬く鳴らして去っていった。

「食堂しばた」の引き戸越しに、駐車場からカーラジオの音が聞こえてくる。

雪片づけをする柴田《しばた》の影がすりガラスに映っている。あれをやると、相当な筋力がつくのだ。

柴田はタイヤ交換も自分でやる。あたしの軽自動車も手伝ってもらった。ガソリンスタンドに持ち込めば一台二〇〇〇円はかかるので助かる。柴田は、タイヤのネジは対角線上に交互に締めるんだ、と教えてくれた。タイヤをしっかり固定するために、ネジをかませたレンチの持ち手を踏むよう言われて、足を高く上げて思い切り踏んづけ、さらにぐりぐりとねじったら「……何かおもしろくないことでもあったのか」と引かれたものだ。

オーブンが焼き上がりの合図を知らせる。扉を開けると、甘酸っぱいリンゴの香りとバターの芳醇《ほうじゅん》な香りがあふれ出た。

一口サイズのホール型アップルパイがずらりと並ぶ。表面の網目がしっかり残っている。そこにあんずジャムをたっぷり塗って艶々《つやつや》に仕上げた。

あたしは玄関を開けて、柴田の背中に声をかける。

「アップルパイ、焼けたよー。食べよー」

柴田が首にかけたタオルで顔を拭《ぬぐ》いながらシャベルを担《かつ》いで戻ってきた。玄関先の雪のかたまりにシャベルを挿《さ》し、そこに首まで埋めていた水のペットボトルを引っこ抜き、口をつける。

背後から佐和《さわ》ばあの「んめっ。日本一」と褒《ほ》めてくれる声が聞こえてきた。

振り向くと、佐和ばあが口をもぐもぐさせながら親指を立ててくれた。

あたしも親指を立て返す。仕事や生活の中で褒められるということはそうはないので、たまに何かの間違いで褒められると舞い上がってしまう。

「市川、ワカサギ釣りって知ってるか」

「知ってるよ。やったことはないけど。どうしたの」

「次の販売を……」

　ファンファン、とクラクションが鳴り響いた。

　一台の軽トラが駐車場に入ってくる。荷台に『猿賀《さるが》ふぁ～む』と印字された段ボール箱を積んでいる。

　運転席からひらりと降りたのは、背が一六〇センチのあたしとそう変わらない身長の男性。肩幅が広く首が太い。頬に大きなニキビがある。色が薄く入ったカラーグラスをかけ、農協のロゴが入ったキャップをかぶっていた。

「おう、柴田」

　カラーグラスの向こうの目を細め、片手をこっちに上げた。

「あれ、新しい彼女？」

　あたしとも柴田ともなく聞く。柴田はその質問には答えずに軽トラの荷台へ足を向けた。

　取り残されたような形となったあたしは、進んで自己紹介をする。

「こんにちは。柴田の『同級生』の市川です」

「どうも。農家の長男の猿賀です。柴田とは小学校時代の同級生です。嫁募集中です」

　キャップを取って挨拶をしてくれた。黒髪でちょんまげを結っている。横サイドは刈り上げていた。大きな八重歯《やえば》が覗《のぞ》く。惜しみない笑顔だ。笑ったら負けだと思っている節《ふし》が感じられる誰かさんとは真逆。

「猿賀君？」

「え？」

「市川茉奈《まな》だよ。小学校で同級生だった」

猿賀がカラーグラスを外した。顔を近づけてきて額《ひたい》から顎《あご》まで視線を這《は》わせる。あたしは顎を引く。

猿賀が、おお、と太い眉をつり上げた。

「川市《かわいち》さんじゃん！」

「市川」

「そうそう、市川市川。市川さんちの茉莉《まり》ちゃん」

「茉奈」

「よく覚えてるよー。いやー懐《なつ》かしいなあ」

「猿賀、下ろすの手伝ってくれ」

柴田が段ボール箱に手をかけている。

「はいはい。人使いが荒いな。市川ちゃんはバイト？　いやでも、バイト雇えるほど儲《もう》かってないか」

「手伝いだよ」

「ただで？　何、じゃあつき合ってんだ」

「違う」

柴田と声が重なる。いや、柴田のほうが若干《じゃっかん》速い。うっすらムカつく。

「賄《まかな》いつきであちこち行けるし、お客さんと直に接することができるから手伝ってるの。それにあたしが作ったお菓子を売ってもいいことになっているから」

あたしは厨房《ちゅうぼう》に入って、ケーキクーラーに並べたプチアップルパイを手に玄関先へ戻ってきた。

猿賀に勧《すす》めると、彼はいくつかまとめて口に放り込み、間髪《かんはつ》をいれずに、旨《うま》い！　と即答した。味わっていないと思う。

「農産加工場とか産直とかでもお母さんたちが作ったお菓子置いてるでしょ。うちでできた野菜でお菓子作ってそういうところに置けばいいよ。農家に嫁《とつ》ぐ気はない？」

猿賀があたしの肩に手を置きかけた。

「猿賀」

柴田が呼ぶ。猿賀は「はいはーい」と返事をすると軽トラへ足を向けた。

あたしたちは軽トラから大根や白菜、ニンジン、長芋《ながいも》といった野菜を次から次へと下ろして厨房に運び込む。

「佐和ばあが野菜を育ててるけど、仕入れてもいるんだね」

「うちだけのじゃ足りねえから。猿賀んとこは米もやってるし」

「へー、手広くやってるんだね」

「柴田、女の子に重たいもの持たすなよ」

猿賀が言う。

「平気平気。仕事でもこれくらいの重さなら持ってるし」

あたしはどっこらしょ、と段ボール箱を抱《かか》えて厨房へ運んだ。

軽トラのところに戻ってくると、柴田が紙幣を数えて渡しているところだった。

猿賀が領収書を切りながら言った。

「ヒグキッチン、手を広げてるぞ」

「あそう」

「ほら、あんたのライバルのお坊ちゃま君が新事業任された」

「新事業？」

猿賀はキッチンカーを一瞥《いちべつ》した。

柴田はそれ以上は特に反応を見せず、領収書を受け取ると、金額を確認して「ゼロが少ない」とつっ返した。猿賀は、バレたか、と舌を出して書き直す。

「市川ちゃん、この男があんまりこき使うようならオレんとこおいで」

じゃあね、と軽トラに乗ると立ち去った。

「お調子者だなあ」

あたしは笑った。柴田が「まあな。悪いやつじゃない」とフォローする。

「猿賀君とはずっと一緒だったの？　中学とか高校とか」

「いや。中学に入ってクラスが変わってからは疎遠《そえん》になった。高校はあいつ、農業高校行ったし。再会したのは、オレがレストランに勤めてからだ」

「野菜を卸《おろ》してたんだ？」

「そう」


日曜日。一時間かけて東北町《とうほくまち》の小川原湖《おがわらこ》にやってきた。

小川原湖を望む駐車場が本日の拠点。

湖上は見渡す限り白銀。日差しが反射して目が眩《くら》む。そこここに釣り人たちのテントが点在している。竿《さお》、餌《えさ》、テント、ガスストーブ、氷に穴を開ける道具などは全てレンタルで賄えるため、防寒着さえ着てくればすぐにもできる。

テント外では皆、サングラスをかけている。あたしたちもそれにならって開店準備をする。

「柴田、あんたがサングラスかけたらお客さん来なくなっちゃうよ」

「何でだ」

柴田はバケツを手にどこかへ行き、戻ってきた時にはその中でワカサギを泳がせていた。

「どしたのそれ」

「買い取った」

やってきてくれたお客さんは柴田が目に入ると一旦足を止める。サングラスによって目つきの悪さは誤魔化せても、醸《かも》し出される不穏さは増強されるという皮肉。

お客さんは距離を取って、柴田が危険な生き物ではないか見定めるようである。

あたしは獲物《えもの》――じゃなくてお客さんを逃さぬよう、目いっぱい愛想よくふるまう。

注文が落ち着いたらキッチンに上がって、洗いものをしたり、ごみを集めたり、パックや紙袋の補充をしたりした。

キッチン内はせまいので、ぶつかったり、柴田の邪魔になったりしないよう彼の動きを見つつ、こっちの行動するタイミングを測らなければならないが、勤務先のせまい倉庫内と一緒なのでなんら苦ではない。

「あー、市川さんじゃないすかー！」

広々とした小川原湖に響き渡るあたしの名前。

遠くからの声に顔を向けると、凍った湖上を一直線に走ってくる男がいる。カーキ色のコートのフードが脱げたが、その下には黒い帽子をかぶっているのが見えた。男の後ろには、細身の赤いダウンコートを着た女性。ポケットに手を入れて歩いてくる。

走ってきた男が滑って転んだ。

駆け寄って腕を取って助け起こすと、小坂だ。

「小坂。あんたワカサギ釣りに来たの？」

「商品課の親睦《しんぼく》会」

そばに来た赤いダウンコートの女性が小坂より先に言う。サングラスを頭の上にずらして顔を見せてくれた。

「祐実先輩！」

「キッチンカーが見えたから、『市川ちゃんが手伝ってるっていうのはあれじゃない？』って小坂に聞いたら」

「当たりでしたね。いやー、まさかこっちまで来てるとは思いませんでした。助かりました。飯を買ってこいって指示されたもんで」

あたしは二人を連れてキッチンカーに戻った。

小坂はスマホを取り出し、どこかにかけながらメニューを読み上げていく。相手が何かを喋《しゃべ》り、小坂はそのまま繰り返す。梅、シジミの佃煮《つくだに》、ショウガ味噌《みそ》の焼きおむすび……。それと珈琲《コーヒー》一〇人分。あたしは急いでメモを取って柴田に渡す。

通話を終えた小坂が祐実先輩にたずねた。

「祐実先輩は何にします？」

先輩はメニューを眺め頭をかく。

「そうねえ……」

サングラス越しに祐実先輩をじっと見ていた柴田が、甘辛《あまから》たれのワカサギフライおむすびを勧めた。ＡＩが株価を伝えているみたいな口調だ。先輩が気を悪くしないかハラハラする。

「へえ。向こうでもワカサギを揚げてるけど、たれが染《し》みたフライのおむすびも食べてみたいわ」

よかった。気分を害することなく流してくれた先輩の器《うつわ》に万歳。

柴田はワカサギを丁寧《ていねい》に洗っていく。

あたしはキッチンカーに乗り込み、キッチンペーパーで、ワカサギの水気《みずけ》を吸い取っていく。日を受けるワカサギは磨き上げた金属のように輝いていた。

柴田が衣《ころも》を準備する。あたしは鍋に張った油を温め、油きりバットの用意をする。

「他に何かやることある？」

「たれに使うショウガをすってくれ。多目に」

「ラジャ」

ショウガをすりながら、カウンター越しに小坂に聞いた。

「小坂はなんで商品課の親睦会に参加してるの」

「ぼく、各課を行き来してるじゃないですか。それで今回の会のことを小耳にはさんだんですよ。ぼくも参加できるか打診《だしん》してみたら、人数が多いほうが楽しいからって参加を許可されました」

「親睦会という名の休日強制奉仕ってわけか。参加したら祐実先輩と休みの日も会えるもんね」

後半は声を潜める。小坂が祐実先輩を慕《した》っているのは誰が見たってバレバレだし、祐実先輩も分かっているだろうが、一応マナーとして小声で話す。

「それもあるんですが」

小坂はちらりと祐実先輩に視線を振った。

祐実先輩は柴田の手元に注目している。

「祐実先輩最近、課長にチクチクやられてるみたいで、心配なんですよ」

と、こちらも声を小さくした。

「もしかして、このお使いもそのチクチクの一環？」

「です。嫌がらせとマウントです。キッチンカーがなかったらここから車で一五分のコンビニまで行かなきゃなりませんでした。大体、祐実先輩ほどの実力があったら、とっくに課長を通り越して部長になってますよ」

「確かに」

いろんな課を回り、売り上げ一位とか、契約数ナンバーワンとか、社内新システム導入とか、クレーム処理マニュアル作成とか、数え上げればきりがないくらい祐実先輩には功績があるのだ。なのに、いまだに役はつかない。

「出世しないのは、あれこれ指摘するからだと思いますよ。祐実先輩、よく気づくから。それが課長とかには目障《めざわ》りなようで、査定を悪く書くんでしょう。何しろ査定する上役がアンチですからね」

上に媚びへつらい、部下がやった仕事の功績を自身のものとして上に報告している男が順調に出世していく。結果、先輩はろくに仕事ができない課長にこうして使いっ走りにされている。

小坂が憐憫《れんびん》からなのかもどかしさからなのか、眉を八の字にして祐実先輩を見守る。

祐実先輩が柴田に、「独立して困ったことってある？」「資金はどうしたの？」「税理士はどこ使ってるの」などとてきぱきと尋問《じんもん》……じゃなくて、質問している。

「先輩、いつもと変わりないように見える」

「強いですから」

「嫌がらせとマウント……妬《ねた》みなのかな」

「ですね。課長からすれば地位を脅《おびや》かされる存在といっていいですからね。それに仕事のやり方で意見の相違もあったようですし」

「そうなんだ。あたしのところまではそういう話は降りてこないな」

「そりゃそうでしょう。課が違うんですから。ぼくみたいにあちこち出入りしてれば別ですが」

「あちこち出入りして祐実先輩のことかぎ回ってるんだ」

「人聞きが悪い」

「あんたなんで祐実先輩に執着《しゅうちゃく》してるの」

「執着なんて。さっきから人聞きが悪いですよ。リスペクトです」

「一歩間違えればストーカーだよ、知ってた？」

「ミスをカバーしてもらったんですよ。ぼく、見積書の額を二桁間違《ふたけたまちが》えたことがあったんです」

「やるなあ。百歩譲って一桁はあるかもしれないけど、二桁はないわ」

「それをいち早く見つけてフォローしてくれたのが祐実先輩でした。ぼくがお昼抜きで仕事していた時も、差し入れしてくれて励ましてもらったんです」

「空腹だと頭が回らなくて、さらなるミスを呼ぶからね」

「コピー機を詰まらせた時も、直してくれて、困ってるぼくを助けてくれました」

「他の人の仕事にも影響が出るもの」

「なんなんですかさっきから。祐実先輩がぼくに優しいからって焼かないでくださいよ」

キッチンカーから珈琲の香りがしてきた。苦味のある香りにチョコレートのような甘い香りが混じっている。

「あたし、珈琲運ぶの手伝おうか」

「それは助かりますけど、こっちの手伝いはいいんですか?」

あたしは柴田に視線を転じた。店主は並べた一〇個のカップに、珈琲を注いでいる最中だ。

「いい」

聞こえていたのか、柴田が答えた。

「こっちはそろそろ落ち着いてきてるし」

お客さんは一組のみ。

「ありがとう」

あたしはおむすびをパックに詰めて紙袋に収める。

「合わせてアップルパイもいかがですか」

柴田がカウンターの隅のかごを指して勧めた。先輩が目を向ける。

「ひょっとしてこれ、市川ちゃんが作ったとか？　どら焼きに続き、かわいいね。ミニチュアサイズなのに本格的。これも一〇個……二〇個いただこうかな」

「ありがとうございます」

思わず弾《はず》んだあたしの声と、棒読みの柴田の声が揃《そろ》った。

祐実先輩は支払いをし、「商品課」で切った領収書を受け取る。手分けしておむすび、珈琲、アップルパイの紙袋を持ち、カラフルなテントの集団を目指す。

氷の上を凍った雪が覆《おお》っていて、ザクザクという足音が鳴る。あちこちに開いた、人が釣ったあとの穴を避ける。

「市川ちゃん、楽しそうね。店長さんと息がぴったりで」

先輩の声が明るい。

「息がぴったりかどうかはさておき、楽しいです」

「いいことよ。張り合いが出るでしょ」

「はいっ」

「肌なんてピッカピカだもん」

「ありがとうございます。前より栄養状態がよくなったからというのもあると思います」

「彼のご飯のおかげかな」

「それはありますね」

それと、佐和ばあと三人で食べる夕飯のおかげもあるし、雰囲気のおかげでもある。

「先輩たちは何時頃から釣ってるんですか?」

「何時からだっけ」

祐実先輩が小坂へ聞く。小坂は不器用に身をねじって紙袋をガサガサいわせながら腕時計を見る。

「一〇時過ぎからですから、もう二時間近くなりますね」

「二時間……」

「でも釣り自体はほとんどしてないのよ」

先輩が肩をすくめる。小坂があたしに目配せする。なるほど、なんだかんだと指図されて動き回らざるを得なかったようだ。

「小坂、足元注意して。穴がある」

「わあ！」

祐実先輩が注意を促《うなが》す端《はな》から、小坂は丸くくり抜かれた穴に足を取られ、肘《ひじ》をピンと伸ばした万歳のフォームで実に華々しく転んだ。

祐実先輩が、小坂の手から離れて宙を舞った紙袋を驚異の反射能力で抱き留《と》め、おむすびが台無しになるのを阻止《そし》する。

転んだ小坂は起き上がろうとしてさらに滑って転んだが、助け起こそうにもあたしたちは両手がふさがっていたので小坂の様子を傍観《ぼうかん》するしかなかった。

親睦会会場では、女子社員がテントの外でバーベキューの世話の傍《かたわ》ら、ワカサギを揚げていた。そのそばで、白い防寒着に身を包んだ雪だるまっぽい課長と、彼を囲んで男性陣が簡易椅子にどっかと腰を下ろして酒盛りをしている。

聞くに堪《た》えない課長の自慢話や他人の悪口が、硬く凍りついた湖上に響く。

課長がこっちに気づいて、犬か猫を呼ぶように手招きした。

「お。やっと使いっ走り要員が戻ってきた。あんまり遅いからその辺で凍死でもしたかと思ったよ」

女子社員の顔が強張《こわば》る。男子社員たちは引き気味な笑みを浮かべる。

「あらぁ。ご期待に添えなくてすみませんねえ」

祐実先輩が朗《ほが》らかに返し、おむすびの入ったパックを紙袋から取り出して差し出す。課長は乱暴な手つきで受け取った。

祐実先輩は課員たちにもおむすびなどを配る。

課長が紙コップを掲げる。

「おうーい。上司の酒が空《から》になっちゃったぞー」

お酌《しゃく》を要求しているようだが、はっきりと口にはしない。コンプラ意識は一応あるのだろう。

女子社員はさっきよりも熱心に調理に勤《いそ》しむ。すると、祐実先輩が「はいはい」と言って、クーラーボックスの上から日本酒の瓶を取り、注ごうとしたら課長がコップを引いてそれを拒否した。

ただでさえ寒い氷上が、いよいよ冷え込む。

小坂が瓶を手に進み出た。

「課長、どうぞ」

酒を注いだ彼に、課長は「おお、いてもいなくてもいい倉庫番も、たまには気が利《き》くこともあるんだなあ」とゆがんだ笑みを浮かべる。男性陣がお追従《ついしょう》笑いをした。

「倉庫番がいなかったら商品をどうやってお客様へ届けるんですか」

祐実先輩がにこにこして問う。

課長が眉間《みけん》に深いしわを刻んだ。酔眼《すいがん》を祐実先輩に据えてぬぼぅっと立ち上がる。その拍子《ひょうし》に課長の膝《ひざ》からおむすびのパックが転げ落ちた。

「いつもいつもオレに楯《たて》つくが、何だ？　デキる人間気取りか？　どうも勘違いしているようだからこの際言っておくが、デキる人間だったらいつまでも平社員でいるわけがないだろう？　他の連中は順調に出世していってるってのに、あんたは何年たっても平のままでおまけに社内をたらい回しだ。もういい歳なんだから、ここいらで自分自身を顧《かえり》みたらどうだ？　え？」

覚束《おぼつか》ない足取りで課長が前に出てきた。黒い大きな長靴がパックを踏む。パックが潰《つぶ》れておむすびが押し出された。

頭の芯《しん》がカッと熱くなった。

あたしは身を乗り出した。

さらに前に出た課長に向かって両手をつき出す。

が、両手は空《くう》を切った。

課長が転んだのだ。おむすびが転がったかというほど芸術的な転びっぷり。

振り向くと、祐実先輩が両手をつき出していて、小坂が祐実先輩のダウンコートを後ろから引っ張っているのだった。


課長たちから離れたテントの中は暖かい。暑いくらいだ。ガスストーブが燃えている。出入り口の上は少し開けてあり、そこから白くてか細い日の光が入ってくる。

祐実先輩と小坂が釣り糸を垂らしている。

二時間前、氷に穴を開けたのは祐実先輩とのこと。餌は、米粒をひと回り大きくして若干引き伸ばしたような虫。祐実先輩が手袋をした手で、いくつもある釣り針にさっさとつけていく様を見た時には、あまりのかっこよさに抱きつきそうになった。

先輩が自分の簡易椅子を勧めてくれたがあたしは遠慮し、しゃがんでいる。自分の分の珈琲も差し出してくれたがこれも辞退した。

「先輩、すみませんでした。あたしの代わりに課長を……」

あたしは祐実先輩に頭を下げた。

祐実先輩は珈琲に口をつけ、違う違うと手を振る。

「あの雪だるまは、ワカサギ釣りの穴に躓《つまず》いたのよ」

「え」

「しかも自分で開けた穴」

あたしは何もしてないわ、と珈琲を啜《すす》る。

「そうだったんですね。でも先輩も怒ってましたよね」

「倉庫番を侮辱《ぶじょく》したからね」

「そっちで怒ったんですか」

てっきり自身が侮辱されたからかと思った。

「仕事仲間に、よくもそんなことが言えるもんねとムカついた」

「ぼくのために……」

小坂が涙ぐむ。倉庫番の職務自体のために腹を立てたと言っているのだが、通じていない。祐実先輩は苦笑いする。否定しないところが祐実先輩のおとななところだ。

「課長たち、あんなに酔っぱらって、帰りはどうするんでしょう」

「女子社員に送らせるつもりです。来る時も女子社員の車に分乗してきたようですから」

と、小坂の声には呆れがにじむ。

あたしはもうため息しか出ない。

「祐実先輩もどなたかを送っていくことになってるんですか？」

「そんなことさせません！　それに先輩は、ぼくがご自宅まで送るんです」

小坂が鼻息荒く自分の胸を叩く。ここへも小坂の車で来たらしい。

祐実先輩は課長の所業については言及せず、クーラーボックスの上に珈琲を置き、糸を巻き上げる。何もついていない、と呟く。

「結構釣れるって聞いてたけど、釣れないわ。ピークは過ぎたとか言わないよね」

竿を握り直し、糸を垂らす。気合いを入れ直したかに見えたが、あくびをした。

「先輩、寝れてます？」

「うん、寝てる寝てる」

青々としたクマの浮いた顔で笑う。凄《すご》みがにじみ出る。

「頑張りすぎなんじゃないですか。少し休んだらいかがでしょう」

先輩は無言で糸を垂らした穴を凝視《ぎょうし》して、上下に揺らす。浮かせては沈める。

「エネルギー不足で眠たくなっちゃうんじゃないすか？　食べましょう」

小坂がパックからワカサギのおむすびを取り出して祐実先輩に渡す。衣に包まれたワカサギの尻尾がつき出ていた。絡《から》んだ赤茶色のたれがご飯に染み込んでいる。

「後輩たちに案じてもらえるなんてありがたいね。いただきます」

かぶりついた祐実先輩が目を見張る。

「お。たれが合う。辛《から》さがちょうどいい。衣がカリッと軽い。市川ちゃんも食べてみ」

差し出されたパックに残ったおむすび。

「ありがとうございます。でもあたしは大丈夫です。先輩、食べてエネルギーを充電してください」

小坂もおむすびをかじって「ワカサギがふわっとほろほろです。ワカサギのほろ苦さにたれの甘さがよく合ってますね」と存分に味わい、祐実先輩に笑顔を振りまいた。

先輩はもりもり食べる。細い顎がよく動き、しっかりかみ締めているのが見て取れる。

「先輩、元気出てきました？」

「こんなおいしいもの食べて元気が出ない人はいないよ」

小坂はすかさずスマホで何かを検索してのけぞる。

「ワカサギには、皮膚《ひふ》トラブル、精神安定、体力回復、新陳代謝促進効果のある栄養素が含まれているそうっす」

「ほんとに？　その情報、店主さんは知ってたのかしら」

「かもしれません。あの場で検索していた様子はなかったですから」

「すごい……」

先輩がため息をつく。柴田が評価されてあたしは鼻が高い。

「あ。アンチエイジング効果もあるんだそうです」

小坂がスマホをあたしたちに向ける。その情報を知らせてくるのは余計だろ、とツッコミかけたが、

「明日からワカサギをメインで食べようかな」

と、祐実先輩は言って、最後のひと口を口に入れた。次にアップルパイの袋を開ける。

「じゃあ、アップルパイの効能は？　店長さんが勧めてくれたよね」

そういうのありますかね、とあたしは言い、先輩がどうかな、とおもしろがっているうちに、小坂はささっと調べて「はあ～」と感嘆《かんたん》した。

「カスタードクリーム入ってますよね。牛乳と卵は睡眠に効果があるそうです」

「まじかー」

あたしと先輩は感心する。

祐実先輩は目の下を指先でなぞった。

「あたしの場合は眠れないわけじゃなく、眠らないいんだけど」

「寝たほうがいいですよ。寝てください」

小坂が懇願《こんがん》する。

あたしも言い添える。

「睡眠を削って頑張ってる状況なら、なおのこと体を休めさせるために睡眠を促進する効果がある食べものを勧めたのかもしれませんよ」

「彼氏を買ってるわね」

と祐実先輩。

「混じりっけなしの同級生です」

と、あたし。

「怖そうな人ですが、思いやりもあるんですね」

と、小坂。あくびをする。それが移ったみたいにあたしもあくびをした。少し頭が重だるい。

先輩は、寝たほうがいいのはあんたたちじゃないの、と笑い、アップルパイを口にした。

「おいしい。リンゴがジューシーでフルーティで味が濃い。生地《きじ》もサクサクでバターの香りが高いし、カスタードもなめらかで卵の風味がちゃんとある。ちっちゃいのにしっかりリッチだね。市川ちゃんすごいわ」

「ありがとうございます。楽しんで作ってるのにお褒めいただき恐縮です」

「苦労しなきゃいいものが作れないっていうのは幻想だよ。楽しんでやればよりいいものが作れるに決まってるじゃない」

あたしは頷《うなず》きながら、先輩が言うのは、あたしに限ったことじゃないのかもと推測した。

先輩の竿がピクリとした。

「あ、きた！」

糸を巻き上げる。銀色のキラキラしたワカサギが三匹、鯉のぼりのようについてきた。それを皮切りに、次から次へとヒットする。銀色の体がチカチカ光る。なんだかその周囲まで光っているようで目の奥に沁《し》みる。

竿は細い。折れやすそうに見えるけど、しなやかでやわらかいから、簡単には折れないだろう。

「こっちもです。ははっ、おもしろい！」

小坂が糸を巻く。ワカサギが身を躍《おど》らせる。

「またまたアタリ！　もうピークは終わったと思ってたのに」

先輩、とてもいい笑顔だ。

何かが吹っ切れたみたい。

「先輩、ピークはまだまだ来ますよ。これからです」

「おうよ！　まだまだなんだから！」

どんどん釣れる。

「あ、ぼく、バーベキューの野菜とか肉、もらってきます」

小坂が竿を置いて立ち上がる。

「じゃあ、あたしはそろそろ戻ります」

「あら、せっかくだから市川ちゃんも食べてってよ」

祐実先輩が釣りに気を取られつつそう言ってくれる。

「そうしたいのはやまやまなんですが、そろそろ戻らないと。不愛想将軍がお客さんを逃してしまいますから」

祐実先輩はくくっと笑う。

「どっちが店主なんだか。でも対等なほうが長続きしそう」

小坂に続いてあたしはテントを出た。

「うっ寒っ」

身をすくめる。吹きつける風の冷たさといったらない。皮膚がキュッと引き締まる。テントとの温度差はえげつないほどだ。でもおかげで、どこか重たかった頭が軽くなって、すっきりとしてくる。

小坂と別れて、キッチンカーを目指して氷の上を歩いていく。ますます体が軽くなっていくような気がする。どうしてだろう。テントの中ではだるかったということ？

キッチンカーが見えるところまで戻ってきた。先ほどとは別のお客さんが一組。そのお客さんが紙袋を手に帰ろうとしている。

足を止めた。テントを振り返る。白銀のまっ平らな湖上に色とりどりの小さなテントが点在している。薄く積もった雪が舞い上がり、銀粉を散らしたように光を乱反射させる。

風がふつりとやむ。雪が地に降り、辺りはしんと静まった。

視界がクリアになり冴《さ》え渡る氷の世界を前に、なぜか急に不安が押し寄せてくる。

あたしはほとんど何も考えずに、さっき後にしてきたばかりのテントを目指し、引き返した。

テントの前に来て、「先輩、開けますよ」と声をかける。返事はない。

不安は不吉な予感に変わっていた。ファスナーを開ける。もわっと熱気があふれてくる。

赤いテントの中で、先輩が倒れていた。

「せんぱ……」

一瞬頭が真っ白になる。何が起こったのかさっぱり分からない。氷の上にワカサギが散らばってぴくぴくしている。

背後の入り口からゴオオッと風が吹き込んで髪の毛をかき乱し視界を一瞬遮《さえぎ》った。

駆け寄って、ぐったりしている先輩を膝枕する。しかめた先輩の顔は赤い。いちかわちゃん、とあたしの名前を呼んだ。あたま、いたい、と訴える。ゆっくりした口調は弱々しい。恐怖が駆け上ってくる。ど、どうしよう。

スマホを取り出し、震える手で発信した。

『おう、なんだ』

「柴田、柴田！　先輩がおかしい。頭痛いって、動けないみたい」

束《つか》の間、柴田が沈黙した。

『外に出せ！　すぐだ、急げ。出したらお前もテントには戻るな。救急車呼べ！』

柴田の怒鳴り声が、恐怖を蹴散らした。

あたしは祐実先輩の両脇に手を入れて、テントの外に引きずり出す。

吹きっさらしの中、柴田との通話を切った手で119を押す。指令センターの人に問われるまま、先輩の状態を伝えていく。意識はあります、顔が赤いです、頭が痛いそうです、手足がしびれてるとも言っています、はき気がするそうです。え、顔を横向きに？　分かりました。

「市川！」

柴田が氷の欠片《かけら》を蹴散らして駆けてくる。その姿を見ただけで、硬く縮こまって緊張していた胸が緩んだ。

　両手に紙皿を捧げ持った小坂がのんびりとやってきたが、横たわる先輩を目にするや、てんこ盛りの肉や野菜を放り出し、傍らに跪《ひざまず》いた。

「何があったんですか！　祐実先輩どうしたんですか！」

「一酸化炭素中毒だ」

　柴田はダウンジャケットを脱いで先輩にかけようとしてくれた。それを見た小坂は、柴田より先にコートを脱いで、先輩にかける。

　課長たちが野次馬根性丸出しの顔で、なんだなんだと集まってきた。

　彼らは倒れている祐実先輩を見て顔を強張《こわば》らせ、立ち尽くした。

　あたしは彼らに事情を説明する。

　すると課長が、そばにいた男性社員に「これって責任はオレじゃねえよな。こいつが勝手に中毒になっただけだろ、自分で安全管理できなかっただけだろ」と早口でまくしたてた。語尾が震えている。

　この期《ご》に及んでも自分の保身しか考えていないことに、はらわたが煮えくり返り、一言もの申してやらんと深く息を吸い込んだところで、肩にずしりと重みが加わった。振り返ると柴田の手が置かれているのである。その眉に力がこもっている。あたしはぐっと怒りを飲み込み、ゆっくりと息をはいた。

柴田に促《うなが》され、先輩の体をコートの上からさすり続けた。

そうしているうちに祐実先輩は徐々に回復していき……。

やがて救急車のサイレンの音が聞こえてきた。


小坂は自分の車で救急車のあとについていった。

キッチンカーに戻ると、カウンターもリアドアも開けっ放しだった。周囲には人影はなく、タペストリーが寒々しくはためいているきりだ。

「え、ちょっと。お金大丈夫？　盗まれたりしてない？」

「手提《てさ》げ金庫を運転席の下にしまってから向かったから心配ない」

それを聞いて、あたしは胸をなでおろす。

「しっかりしてる」

「当たり前だろ。頼れるのは自分だけなんだから、自分がしっかりしねえと」

深い意味もなくそう言ったのかもしれないが、曲がりなりにも手伝いをしているつもりのあたしは、薄《うっす》らと虚《むな》しくなる。

リアドアからキッチンカーに乗り込んだ柴田があと片づけを始めた。

「帰るの？」

たずねると、柴田は手を止めてあたしをまじまじと見た。

「仕事、続けられるのか？」

その口ぶりには皮肉や侮《あなど》りが感じられない。

あたしは首を縦に振る。

「先輩は回復してきたよ。それにきっと先輩は、仕事をちゃんとやれって言うよ。だから最後までやる。あんたは商売しにここに来たんだし、あたしはその手伝いで来たんだから」

そう言いながら、自分の役割をまっとうしたいという気持ちが頭をもたげていることに気づいた。

あたしはかごの中のアップルパイを並べ直す。

柴田は帽子をかぶり直し、調理台にアルコールスプレーを吹きかけ始めた。

「まあ、市川がいくら心配したところで、あの人の容体《ようだい》に影響はないしな」

「そりゃそうなんだけど、その言い方は冷たすぎ」

「どこが」

さっぱりぴんときていない様子の柴田に説明するのが億劫で、話を変えた。

「まさか一酸化炭素中毒になるなんて……隙間《すきま》を開けてたのに」

「開けてても、なる時はなる。だが、救急隊員も言ってたけど軽症でよかったじゃねえか。市川は何ともないのか」

「今は何ともないよ。少し前までは頭が重だるい感じはあったけど、それが一酸化炭素のせいとは考えなかった。匂いもしなかったしさ」

遠くで、商品課の面々があと片づけをしているのが見える。ほとんど女子社員にやらせて、課長以下はつっ立って駄弁《だべ》っているだけだ。

「あ〜あ、課長って、家でもああなのかな」

「あの雪だるまみてぇなのが課長か。さっきもなかなかだったな。市川は雪だるま課長に、何てはきつけてやろうとしたんだ」

柴田の声音には、おもしろがるようなニュアンスがにじんでいる。顔面はピクリとも動かないけど。

あたしはアップルパイの位置を無意味に何度も入れ替えながら、ため息をついた。

「さあ……何言おうとしたんだっけ。とにかく頭に来たんだった。上に立つ人間ってさ、上に立つから偉いんじゃなくて、みんなが尊敬できるから上に立てるんじゃないの？　なのに無駄に威張り散らしてさ。祐実先輩のことだって目の敵《かたき》にして」

加えて、おむすびを踏みつけられもした。思い出して怒りが再燃する。

「雪だるまのことはこの際どうでもいい。要はいくら本人に実力があっても、組織っていう他人のフィールドで勝ち抜いていけるとは限らないってことだ」

柴田が淡々と言う。

「……柴田は、あたしが課長に言い返そうとしたのをなんで止めたの？」

「中毒起こしたあの女の人が、市川に目を向けたんだ。オレは彼女が市川を止めたがってると判断した」

柴田はワカサギをさばき始めた。

「どうかなあ。先輩は、倉庫番をバカにした課長をつき飛ばそうとしたんだよ。なのにあたしを止めるってこと、ある？」

あるだろうさ、と柴田はこともなげに言った。

「抗議したら、市川が雪だるまの次のターゲットにされると思ったのかもしれない。自分と同じ轍《てつ》を踏ませたくはないと咄嗟《とっさ》に思ったんじゃないのか」

あたしは柴田を見つめた。柴田は手元に視線を落としたまま言う。

「いい先輩を持ったな」

「……うん。いい先輩だよ」

柴田は、ワカサギに薄く衣をつけていく。

「……駆けつけてくれてありがとう」

あたしは礼を言った。「電話の時も」

柴田の強い声音のおかげでパニック状態から脱することができた。

「柴田がいなかったらどうなってたことか。いろいろ助かったよ」

「だろうな」

こいつに謙遜《けんそん》は通じない。

駐車場にステーションワゴンが入ってきた。車から降りた家族連れがやってくる。お客さんだ。

あたしは一酸化炭素中毒の事故のショックから気持ちを切り替えて、笑顔を向けた。

「いらっしゃいませ！」

「食堂しばた」のテーブルを囲む。キッチンカーの手伝いのある日は夕飯をよばれるのが定番になっていた。

あたしの隣に腰かけた佐和ばあのお召しものは、金色の虎の顔がど真ん中にでかでかとプリントされている真っ赤なトレーナーと、真っ白いサルエルパンツ。目の奥に沁みる。

あたしは今日あった出来事を佐和ばあに語って聞かせた。

「──ということで、搬送《はんそう》されたんですが、後輩からのメッセージには、状態は安定してると書いてありました。ただ、大事を取って一泊入院して明日退院するそうです」

「そうかい。災難だったねえ。一歩間違えてたら死んでたんだ。その女の人も茉奈ちゃんも無事でいかったよ」

佐和ばあが、無事をかみ締めるようにうんうんと頷く。

「拓海さんのおかげです。一酸化炭素中毒を知っていたんですよ」

あたしは前のめりになって伝えた。佐和ばあは驚きも感心もすることなく、ごく当たり前の調子で言った。

「料理の学校で習うべ。それに食堂やってた時にあたしらは気をつけてらったすけな、孫はそういうの見て知ってらったんだべ」

「あ、そっか」

モリモリ食べている柴田は、およそこちらの話に関心がなさそうに見える。

佐和ばあはあたしたちを交互に見て、目を細めた。

「茉奈ちゃんがテントさ戻ったすけ、その女の人は軽症ですんだんだ」

「戻ったのは、ほんとたまたまですよ」

「うーん、たまたまかなあ」

「え」

「テントの中さいた時の女の人の様子だの、茉奈ちゃん自身の体具合だの、テントから外さ出た時の体調の変化だの、そういう些細なことひとっつ、ひとっつさ鼻が利いてたんでねかべか」

　あたしは照れくさくて頭をかく。

「買いかぶりすぎですよ」

「そうかもしれねえな」

と、出し抜けに会話に入ってきた柴田。とことん謙遜は通じない。

「まあとにかく、市川は先輩想いだな」

「は？　違う違う。あたしが先輩想いなんじゃなくて、祐実先輩が後輩に慕われるような人ってことなんだよ」

　柴田はあたしを穏やかな眼差《まなざ》しで一瞥《いちべつ》した。

　あたしは自分の胸の音を聞いた。平気なつもりだったあたしにも一酸化炭素の影響は残っているのかもしれない。

　柴田は顔を食卓に戻して、ワカサギの南蛮漬《なんばんづ》けを口に運ぶ。

あたしの腕に佐和ばあが手を乗せた。

「茉奈ちゃん」

佐和ばあが深々と頭を下げる。丸い背中に銀色の狼がプリントされている。前門の虎、後門の狼だ。

「あたしはあんたたちがいいコンビだと思うんだよ。これからも拓海ば支えてやっておくれ」

「え、あ、はい」

「孫は偏屈だども」

「ええおっしゃる通りです。でも佐和ばあが頭を下げる謂《いわ》れは」

「根は優しい子だ。あたしゃもう歳で、先は見えてる。だすけ、孫の祝言《しゅうげん》にゃ間に合いたいと常々思ってるんだ。孫を末永く頼みます」

目を潤《うる》ませて真剣に頼んでくる。

柴田が口にものを入れたままツッコむ。

「何寝ぼけたこと言ってんだ。ばあちゃんはゴキブリが滅んだって生きてるよ」

「ゴキブリと比べんでねぇよ。比べんだばお天道様と比べ！」

佐和ばあが、驚異的な反射神経で言い返す。涙は跡形もない。

「あたしゃ亭主に『君はぼくの太陽だ』って言われたことがあったりなかったりなかったりしたんだすけ！」

あたしは噴き出し、柴田はご飯を大きくほおばった。


「お疲れ〜。うわっここ寒っ」

祐実先輩がブーツのヒールを鳴らして、倉庫に入ってきた。抱えていた段ボール箱を床に置いて自身をかき抱く。

あたしと小坂はしっかり防寒着を着ている。エアコンの出力は最強にしてあるが、あまり効かない。ブルーヒーターを焚《た》いて、対角線上の窓をしっかり開けていた。

小坂がブルーヒーターの前にパイプ椅子を据えて先輩を座らせる。あたしと小坂も椅子を寄せ、三人でブルーヒーターを囲んだ。

「体調はいかがですか」

ワカサギ釣りから一週間余り。

「絶好調よ。その節《せつ》はお騒がせしてほんとごめんね」

いえ、ご無事で何よりです、と言いかけたあたしの言葉にかぶせて、小坂が「いえ、ご無事で何よりです！」と張り切った笑顔を見せる。

「市川ちゃん、商品課にアイテム入荷のプレゼンしたんですってね。それ、通ったみたいよ」

「ほんとですか？　よかった！」

　当初、我が配送課の課長に相談して、彼から商品課に提案してもらおうとしたが、うちの課長は「え〜、アイテムが増えると管理する手間も増えるじゃん。仕事増えるじゃん」と恥も外聞もなくそういう理由を引っ提げて渋面《じゅうめん》をこしらえたので、だめだこりゃと見切りをつけ、商品課に直談判《じかだんぱん》したのだ。といっても、もちろん商品課の課長にいきなり持ち込んだって通らないだろうから、バイヤーを狙った。彼女はあのワカサギ釣りの現場にいて、ワカサギを揚げていたのである。祐実先輩が一酸化炭素中毒になったのも目《ま》の当たりにしている。

　あたしはいくつか売れそうなものをピックアップして簡単な資料を作りプレゼンした。彼女は、すぐに会議にかけると言ってくれた。

「何をプレゼンしたんですか」

　小坂がたずねる。

「一酸化炭素警報器。今ソロキャンプとかも流行《はや》ってるし、大雪に見舞われた時に車内で亡くなっちゃう人もいるからってゴリゴリに押した」

「よく部署違いなのにかけ合おうとしましたね」

小坂が呆れと感心のため息をつく。

「小坂、よく考えてみてよ。祐実先輩は死んでたかもしれないんだよ」

小坂の顔つきが変わった。

「あんただってあの場にいたでしょ。コートかけたでしょ。命に関わることなんだから部署違いだの何だのって言ってらんないでしょ」

「――ですね」

「あの時、横たわる先輩のところにやってきた商品課の課長が暴言をはきましたよね。抗議しようとしたあたしを、先輩が止めようとしてくれたって、柴田のやつに聞きました」

「止めないほうがよかった？」

祐実先輩が茶化すような顔つきで首を傾げる。あたしは頰を緩めた。

「いえ、止めてもらってよかったです。ありがとうございました」

「お礼なんて言う必要ないよ。今回の仕入れの件は、商品課の課長が市川ちゃんの意見を取り入れたってことでしょ。あの課長にとってあたしが倒れたことがきっかけで入荷品目に追加するのは甚《はなは》だおもしろくはなかったとは思うけど、売れると見込めば入荷しないわけにいかないからね。あの場で抗議するより仕事でやり返したのはイケてる」

「先輩が止めてくれたおかげですよ」

「そう？　あの店主さんが気づいてくれてよかったってことね。不愛想だけど、そういうところがあるのはやっぱり一国一城の主《あるじ》なのよね」

あたしは頷いた。

「ところで祐実先輩、これなんですか？　荷物運びなら手伝いますよ」

小坂が足元に置かれた段ボール箱を見下ろす。

「私物だから手伝いはいらないよ。徐々に片づけてんの」

小坂が顔を曇らせ、首を傾げた。

「あたし、ここ辞《や》めるの。三月半ばで」

祐実先輩がさらりと明かす。

あたしはまばたきした。

「えええええ！」

小坂が立ち上がる。悲鳴が倉庫に響く。ブルーヒーターの炎が揺らぐ。

「そ、そういうジョークは嫌いです」

祐実先輩は眉を上げただけ。

ジョークじゃない。本当なんだ……。

ここ最近の目の下のクマは、この準備のためだったのだ。確かに、仕事と言えば仕事だ。

「な、何でですか。急に」

小坂がつかみかからんばかりに食ってかかる。あたしは咄嗟《とっさ》に小坂の上着を握った。

「急にじゃなくて、もうずっと前から考えてたんだよ。先月のワカサギ釣り大会で気持ちを固めただけ。市川ちゃんたちを見てたら、いよいよあたしも頑張ろうと思えた」

ありがと、とお礼を言われても、あたしは正しい反応ができない。

「頑張ろうと思うなら、ここで頑張りましょうよ」

小坂が食い下がる。

先輩は首を横に振った。しなやかな振り方だったが、断固とした意志を感じさせられる。

「課長のせいですか？」

「違う違う」

と、苦笑いの祐実先輩。

「じゃあ……じゃあ、あれですか、あっちこっちの部署をたらい回しにされたから？　それとも頑張りが報《むく》われないからですか？　ズルしてる人より出世できないからですか？」

「小坂。あたしはここが嫌で辞めるんじゃないの」

駄々っ子に言い聞かせるような口ぶりに、小坂の耳が赤く染まる。耳にかかる髪の毛が震えている。

「祐実先輩には、不安がないんですか？」

小坂が声を絞り出す。

「あるよ」

「だったらここにいればいいじゃないですか。独立なんて一体どれだけの人が失敗すると思ってるんですか？　そんなに甘くないんですよ」

「ははっ。社会人二年目選手に言われちゃったよ。そりゃあ、やらなきゃ失敗しない」

先輩が真顔になった。

「でも怖くなったのよ。挑戦しなかったことを後悔するのが。いつまでも独立しようかしまいか迷い続けて時間ばかりが流れていったり、残りの人生を後悔しながら生き続けたりするほうが、ここを出る不安より怖いの。そういう意味じゃ挑戦しないことこそが、あたしにとっちゃ失敗なんだろうね。やらなきゃ待ってるのは失敗一択。けど、やれば失敗か成功の二択。だったら、なおさらやるしかないじゃない」

耳の奥に柴田の言葉がよみがえる。

――本人に実力があっても、組織っていう他人のフィールドで勝ち抜いていけるとは限らない――。

だったら自分に合ったフィールドで戦うというのも、一つの戦略なのかもしれない。

小坂の拳が軋《きし》むように握り込まれていくのを、あたしは上着をつかんだまま見つめる。

「小坂は挑戦がリスクだと思ってるんでしょ。あたしは逆なんだ。もうこれは人それぞれの考えだからしょうがないんだけどね」

ヒヤリとした。

祐実先輩が。

切って捨てた。

「人それぞれ」と言われたら、誰も何も言えなくなる。そしてそれは先輩の覚悟だ。

小坂の拳がとけた。

あたしは背中から手を放す。

小坂は力ない足取りで倉庫を出ていった。

倉庫内で聞こえるのは、ブルーヒーターの暖かな音と、潮騒《しおさい》の凍《こご》える音のみ。

あたしは先輩に、昨日焼き上げたプチアップルパイを勧めた。先輩は受け取って一口食べてくれる。

「おいしい」

やつれて疲れているように見えても、その表情は晴れやかだ。かじったアップルパイをしげしげと見つめる。

「夢中になれるものって、自分の人生をしなやかに生かしてくれそう。心強いよね」

「しなやか、ですか」

「そう。何かしんどいことがあった時に、しなやかに受け止めてもらえるセーフティネット」

「なるほど」

「市川ちゃん、いいもの見つけたね」

と、アップルパイを掲げる。

あたしは頷いた。

「販売してる人同士の仲がいいと、買うほうは安心できる。商品に信頼も置ける。溌剌としたあなたたちに勇気もらえたし、おまけに、ワカサギ釣りで倒れたことにも背中を押してもらえた。ケガの功名《こうみょう》ってやつかな。あれで腹が決まったの。たとえ独立して失敗したとしても命までは取られまいって」

あたしたちは顔を見合わせて笑った。

「祐実先輩ならできると思います」

「そう思う？」

「はい。精神論で言ってるんじゃないですよ。祐実先輩は全ての部署を渡り歩いてきたんですから、必要なスキルが磨かれたってことですもんね」

「あたしも独立を考えて、自《みずか》らたらい回しにされてたのよ」

「そうなんですか？」

「あれ、違ったかな。たらい回しにされているうちに、ひょっとして独立できるんじゃない？　って考えるようになったのかな。その辺はどっちが先か、今となっちゃ定かじゃないわ。でもおかげで外部との人脈もできた」

「抜かりがないですね」

「そのくらいはね」

「何の会社をやるんですか？」

「ここと同じ」

「おっ、ライバル会社ですね」

「はは。規模的には足元にも及ばないけどね。ここは手広くやってるでしょ？　うちはもうちょっと細かくやっていきたいんだ。顧客一人一人に合わせる会社にしたいの」

あたしは話を聞きながら、小坂はついていくと言いだすかもしれない、と予想した。

祐実先輩がもう一個もらっていい？　と聞く。もちろんとアップルパイを差し出す。

セロハンの袋を開ける先輩の指先を見つめる。磨いただけのような爪をよく見ると、うっすらとコーティングされている。ナチュラルに見えて色が入り、甘皮もすっきり整えられていた。矜持《きょうじ》は爪に表れるんだろうか。

先輩はアップルパイを口に運んだ。

「甘酸っぱいねえ。このアップルパイ、こういう話をてきぱきとするのにちょうどいいサイズだわ」

食べ終わった祐実先輩はセロハンをたたんで手の中に握り込む。

「ごちそうさま」

立ち上がるとパイプ椅子をたたもうとした。そのままでいいです、とあたしは制する。先輩は、そう、それじゃ、と段ボール箱を抱えると、しなやかでやわらかい足運びで倉庫を出ていった。

遠ざかるヒールの音は相変わらず凜々しく気高《けだか》い。ここから先もその足運びで、歩んでいくんだろう。


三月半ばを迎えた社の敷地には、レモン色の水仙《すいせん》が咲き誇っている。

髪が肩に触れないくらいの長さにバッサリと切った先輩は、かぐわしく華やかな花束を抱えて社を去っていった。

　小坂は倉庫係のまま。

「てっきり、先輩についていくかと思ったんだけどなあ」

　伝票を段ボール箱に貼りながら首をひねると、

「ついていきたかったっすよ」

　目の下に堂々とした青いクマをこしらえた小坂は、商品を台車に積みながら口を尖《とが》らせる。切ないほど素直だ。

「だけど、よくよく考えたらぼく全然スキル足りないし」

「よくよく考えなくても分かれよ」

「祐実先輩がいびられている時も助けてあげられなかったし、倒れた時も何もできなかったし。そんなぼくがついていったら祐実先輩を支えるどころか足を引っ張ることになりかねませんから」

「なりかねません、じゃなくて、なるよ」

「なんなんすかさっきから。ぼく、祐実先輩の役に立てるようにスキルを身につけてから移ります」

「祐実先輩はあんたにそう言ってほしくて、一旦切り捨てるようなことを言ったのかもしれないね。今分かったよ」

「はい？　どういう意味ですか」

「考えよ、二年目選手」

パソコン横の電話が鳴った。出ると課長からだ。

「商品課が梱包《こんぽう》資材の在庫数を出せ、と。大至急、ですか。分かりました」

大至急なんてどう考えたって無理だろ、と思いながら課長の指令を繰り返しているうちに、小坂がバインダーを手に、資材がある倉庫の奥へ足を向けた。

「ところで、商品課の課長、最近お見かけしませんがどうかしましたか？」

『ああ、あれは酒の入った接待で不興を買って、謹慎中だ』

出世の道は断たれただろうな、と嘲笑《ちょうしょう》交じりのため息が聞こえた。

自分自身を顧みたらどうだと言っていた言葉が脳裏によみがえる。

電話を切ってあたしも奥へ行きかけた。が、途中でふと閃《ひらめ》いて「小坂ちょっと待って」と止める。

あたしは総務課に電話し、総在庫数が知りたいのか確認する。総務課では、「総在庫数じゃなくて、年度末現在で若干余ってる予算で買い足したいため、一番よく使う資材の在庫を知りたいんです」という。それならもちろん、「大至急」が可能だ。

ベビーブルーの空に、雲はひとひらもない。数羽の白鳥が、コウ、コウと呼び合いながら北へ旅立っていく。

意外と日差しは強い。

「食堂しばた」の軒《のき》から滴《したた》る雪どけ水は宝石のように輝いている。裏の梅の木の枝の一本一本からもキラキラと雫《しずく》が落ちる。シャンデリアみたいだ。

昨日降り積もったドカ雪を、スノーダンプで押して駐車場の端へ押していく。みぞれ交じりなため、重い。下手《へた》にテコの原理で立ち向かおうものならプラスチックの部分は簡単に割れ、もれなくこちらの気持ちもへし折られるようになっている。

柴田は何の苦もなく、すくっては投げすくっては投げしている。こめかみに髪の毛が張りついている。着ていたダウンを腰で括《くく》って、上半身はカットソー一枚だ。雪をかくたびに、大きな肩甲骨《けんこうこつ》や背中の筋肉が動くのが見える。

視線を感じたのか柴田が振り向いた。

あたしは再びスノーダンプを押す。

「ふんぬっ！」

しかし、一度前進をやめたせいで全力で踏ん張ってもにっちもさっちもいかなくなってしまった。

それがふいに、すっと滑り出したものだから、あたしはつんのめりそうになり、ハンドルにしがみつく。柴田が押してくれていた。

「ありがとう。雪に水気《みずけ》が多くなったね」

「これが最後の雪だろ。もう春だ」

四章　アジとシソの南蛮漬けおむすび

四月下旬。もうすぐキッチンカー「&《アンド》」は開業一周年を迎える。

元店舗のテレビでスマホ片手にテレビショッピングを観《み》ていた佐和《さわ》ばあが、「拓海《たくみ》、明日はどこで店開くって？」と声をかけてきた。

アジをさばいている柴田《しばた》が、ビニール手袋を脱ぐとマスクを下げて洟《はな》をかむ。鼻の頭が赤い。目も赤くてかゆそう。

「初めて行く、白銀《しろがね》公園マンション」

鼻声だ。

佐和ばあが老眼鏡をかけ直して、スマホを操作する。

少しすると、「はい、お知らせ完了」とこちらに画面を向けた。水色の鳥のアイコンのＳＮＳに、開店場所の告知が投稿されていた。トラックやおむすびなどの絵文字も大量投入してにぎやかだ。

「佐和ばあ、ＳＮＳもできるんですね」

「できるど。公民館のパソコン講座で習った」

佐和ばあは、あたしの持つ、お年寄りのイメージを次々破壊してくれる。さすが、ジャージの上が紅白のしましまで、下が黒と白のしましまを着るだけはある。紅白幕とクジラ幕を合わせるセンスは現代にはなく、おそらく一歩も二歩も先を行っているのだろう。


翌日。

開発が進む地区の、真新しい白銀公園マンションに行くと、その駐車場でオレンジとチョコレート色のキッチンカーがすでに商売をしていた。

車体には「レストラン　ヒグキッチン」のロゴとクマのシルエットがペイントされ、陽気な音楽が流れている。うちと同じ、おむすび屋さんだ。

「先越されちゃったね。ヒグキッチンってこの辺にもある、あのヒグキッチンかな」

県内外合わせて一〇店舗くらいあるレストランだ。

そうだ、と柴田がマスク越しのこもった声で答え、ヒグキッチンをじっと見つめる。

ヒグキッチンの前には行列ができていた。

トラックの中で立ち働く男女の姿が見える。

そばには車体の色に合わせたツートンカラーのパラソルが立てられてテーブルと椅子が用意されていた。傍《かたわ》らの立て看板には「本日のおむすび」が写真と派手な煽《あお》り文句でお勧《すす》めされている。ロックラックおむすびとか、フェイジョアーダおむすびとか、どんな味なのか見当もつかない。

ヒグキッチンの男性店員がこっちに気づいた。あたしは軽く頭を下げる。相手はあたしから柴田に目を移すと目を細めた。なぜか気持ちがざわつく。

柴田は男性を見据えながらスマホを取り出して、どこかに電話をかけ始めた。鼻声で、「お世話になっております」から始まって、今、目の前で展開されている状況を話す。聞いてないいなどと訴えている。交渉かもしれない。眉間《みけん》のしわが深まり、こめかみに血管が浮き出たのを見たあたしは「交渉決裂」という文字を頭に浮かべ、そしてそれは現実になった。

柴田は通話を切って、あたしに「管理人にどういうことか聞いたんだけど」と説明しながら、また画面をタップし耳に当てた。呼び出し音が聞こえてくる。

「管理人は、仲よく場所をシェアしてくれてかまわないって寝ぼけたことを言った。場所代は固定の三〇〇〇円だから、マンション側としては出店車が一台より二台になってくれたほうがいいんだろう。けど、同じおむすびを売ってるこっちとしては全然よくない。

……あ。ああええとこんにちは。キッチンカー『&』です。毎度様です。あの今電話いいですか」

相手が出たらしい。交渉を始めた。柴田の額《ひたい》に汗が浮く。肩が強張《こわば》っている。左手が膝《ひざ》の上で何度も握られたり開いたりしている。こういう交渉事は苦手なようだ。でも頑張っている。

「今日そちらにうかがってもよろしいでしょうか。急で申し訳ないんですが。ええ、はい、すみません、ええ。あ、いいですか？　ありがとうございます。すぐにうかがいます」

ぶっきらぼうで超事務的な交渉が終わり、柴田はハンドルを回した。

「場所変えるの？」

「ああ。オオスギマンションのオーナーが許可をくれた。よかった、普段から契約より多めに金を渡してて」

「そういう気遣《きづか》いって必要なんだ」

「ばあちゃん仕込みだ。損して得取れってやつ」

「先人の知恵だね。でもよかったね。そしたらお客さんにオオスギマンションに移るのをお知らせしなきゃ。スマホ貸して。SNSで呼びかけてみる」

「頼む」

柴田の黒いスマホで場所の変更を謝罪。するとすぐにリプが来た。「行きます！」と返してくれる人もいれば、「遠くて行けません残念」という人もいる。「客のことも考えずに場所を変えるってどうなんですか」という人もいる。そういうコメントをもらうと、確かに、と納得もする。お客さんにこっちの事情は関係ないのだから。これでお客さんが減らなきゃいいけど。

口コミも流れてくる。「おいしい」「できたてを食べられる」と高評価や好意的なものには顔がほころぶが、「定番のものしかねえな」とか「フツー」「梅、嫌いなのよね」「よそ行ってやれ」などの低評価や敵意すら感じられるものには、顔をしかめる。「不愛想」これには同感だけど、本名も顔も知らない人から言われると眉を顰《ひそ》めてしまう。

こちらからのアクションは一切ない。

スマホの画面を窓のほうへ傾けながら柴田をチラッと見る。

いろんな人がいるのだから、いろんな評価があるのは当然だけれど、佐和ばあがこの攻撃的な言葉を読んでいる姿を想像すると、胸がふさぐ。

はあ、とため息をつくと、柴田があたしの手からスマホを取り上げた。

オオスギマンションは市内でも大きめのマンションだ。

柴田は運転席から降りる前に、普段のマスクに加えてゴーグルのような眼鏡をかけた。

「花粉症、大変だね」

同情すると柴田は、

「違う。単に花粉の時季は目がかゆくなって鼻水が出るだけだ」

と、圧倒的な力技で否定した。

「それを世間じゃ花粉症って呼ぶんだよ」

「オレは花粉症じゃない。症状が出るのがたまたま今の時季なだけだ」

「花粉……」

「違う」

「分かった分かった。その出《い》で立ちでお客さんの前に立つっての？」

「とにかくこれをやらなきゃ涙と鼻水で大惨事になる」

それでもいいのか、と花粉症の症状を盾《たて》に取って、あたしの理解を得ようとしてくる。

「しょうがないか、花粉症なんだもんね。でもそれ見て引く人もいるし、元からあんた怖い顔なんだから笑顔を意識してよ」

「花粉症じゃない」

花粉症と認めてないのだから、薬も飲んでいないのだろうし、通院もしていないのだろう。

頬をかきながら「どこもかしこもむず痒《がゆ》い。いっそのことお面でもつけるか」と考えを巡らしているところを見ると、脳みそまでよくよく花粉症に害されているようだ。

レンガが敷かれたエントランスをお借りして開店準備をしていると、人が集まってきた。マンションの住人はもちろん、ご近所さんや近くの高校に通う生徒さんたちまで。

SNSのアンチの件は一旦脇に除《よ》けておいて、ドキドキワクワクしてくる。この時のドキドキワクワクは会社のモニターの前で座っているのとは別の脳内物質が出ていると思う。

お客さんを逃さないよう、準備をしながらも、せっせと挨拶《あいさつ》してメニューを渡す。たまにメニューを見て鼻で笑って帰る人や、口に合わなかったと苦言を呈《てい》する人もいるけど、SNSに書かれるような攻撃的な言葉を面と向かって投げつける人はいない。

お弁当カップで作ったヨーグルトケーキの宣伝も抜かりなくする。

桜餡《さくらあん》を混ぜたほんのり桃色が差すヨーグルトケーキは、特に女性客に好評だ。カラメル色の焼き目をつけ、桜の塩漬けをちょこんと乗っけて、そこに銀粉を撒《ま》いた。セロハンの袋に入れてかごに並べている。

今朝、佐和ばあが味見してくれて「ふっかふかで、しっとりしてるでぇ。甘さがちょうどいい塩梅《あんべ》えだ」と評してくれた代物《しろもの》だ。

お客さんたちは、小さめだからご近所や職場でおすそ分けしやすいとか、携帯しやすいと、まとめて買ってくれる。

「銀粉があるすけ引き締まるね」

シニアカーに腰かけておむすびができあがるのを待つおばあさんが、感心したように言う。

「気品が漂ってますよね」

三十代くらいの女性が、かごから一つを取る。

「色も、黄色と桃色と銀色って華やかで気持ちが軽やかになりますし」

一緒にいた小さな女の子は「桜は本物？」と興味津々《しんしん》で聞いてくる。

「本物だよ」

「わあ！」

「この子、本物かどうかが大事なんですよ」

お母さんがどこか申し訳ないような面持《おもも》ちになる。

「ええ。分かります。そういう時期ってあたしにもありました。なのに、いつの間にかその辺がどうでもよくなって、市販されている何の肉か分からないものを、というかそもそも肉なのかどうかも定かではないものを食べちゃったりしてるんですよね」

「オラもだよ。楽だし、助かるんだ」

と、シニアカーのおばあちゃん。

お母さんは我が意を得たりという顔で頷《うなず》いたものの、眉を八の字にした。

「体に負担がかかるんだろうなと思っていても、疲れてたり料理する気が起こらなかったりする時は、どうしてもそれに頼っちゃいます」

「たまにゃいいべ」

「当店は地元の野菜や肉を仕入れて一から作っています。ご自宅で作れない時はぜひ利用してくださいね」

ここぞとばかりにあたしはアピールする。おばあちゃんは、商売が上手《うま》いなあと笑った。

「これ何味ー？」

「これはね、ヨーグ……」

教えかけると、お母さんがあたしに向かって口の前に人差し指を立てた。すまなそうに口パクで「ヨーグルト苦手なんです」と伝えてくる。

あたしは頷いて、女児にささやいた。

「秘密の味つけをしてるの。何の味か当てられるかな」

試食品を差し出す。女児は「当てられるもん」と張り切って口に入れる。

あたしとお母さんは密かに目を見合わせる。

「どう？　分かったかな」

　女児にたずねた。

「うーん」

　首を左右に倒し倒し、上目遣《うわめづか》いで考えている。考えすぎて白目だ。

「分かんない。でもおいしい！」

「そう！　ありがとう」

「秘密の味はなあに」

　なあになあに、と女児が身を揺すると、お母さんが、秘密だから教えられないの、となだめてもっと食べたい？　と聞く。ありがたいことに女児は頷き、お母さんはいくつか買ってくれた。お母さんは会心の笑みであたしに目配せし、あたしも女児に見えないように親指を立て、それから母子《おやこ》を見送った。

「ありがとうございました！」

　柴田が、

「んちっ」

　と言った。

「んちっ。んちっ」

立て続けに言って、それに合わせて頭を振る。

あたしは柴田を二度見する。

「何今の。くしゃみ？」

柴田は何かを答える代わりにまた、んちっと言って大きく頷いた。くしゃみだ。意外すぎるし、しっかり柴犬じみてくるし、かわいいところが腹立たしいし。

「ヨーグルトが花粉症に効くって分かってるんなら、食べればいいのに」

「食べてる。けどそれは好きだからだ。オレのこの一連の諸症状は花粉症由来《ゆらい》じゃないが、好きで食べていたら花粉症に似た症状は結果として以前よりはだいぶましになった。おい聞いてんのか」

あたしはあくびをした。

「食堂しばた」に帰ってきて、片づけがすむとお茶を淹《い》れ、三人でテーブルを囲んだ。マスクを下にずらし、ヨーグルトケーキを口にする柴田のその顔が緩《ゆる》んでいく。うららかな日差しに顔を向けて目を閉じている柴犬を彷彿《ほうふつ》とさせる。見ているだけでほっこりしてしまう。

あたしもお茶を啜《すす》ってからケーキを口に運ぶ。しっとりした食感。ミルクとバターを強く感じる。酸味が抑えられたヨーグルトを使ってよかった。砂糖やはちみつの甘さとも違うコクのある甘さになっている。

「おいしいなあ、なあ拓海」

佐和ばあが柴田に同意を求める。柴田は返事をしない。でも食べ続けている。

「ほれ、拓海。おいしがったら、おいしいって伝えるもんだ」

苦言を呈する。

「佐和ばあ、拓海さんは花粉症で鼻が詰まっているので、味がよく分かっていないと思いますよ」

「花粉症じゃない」

柴田が即座に否定する。

「鼻は詰まっていても、耳は良く通ってるんだね」

表でエンジン音がして、車のドアの開閉音が響くと、がらりと玄関の引き戸が開いた。

「毎度ー」

入ってきたのは背が一六〇センチくらいで肩幅が広く首が太い男性。頰に大きなニキビがある。猿賀《さるが》だ。

「毎度ー」

と、返す佐和ばあ。猿賀にヨーグルトケーキを差し出した。猿賀は受け取ってセロハンを剝《む》しり取る。

「佐和ばあ、強烈にかっこいい服着てるね。黄色と黒のしましまの警告色のワンピース！どこで買ったの」

「いまむらだよ」

「冒険するなぁ。お、これ旨《うま》っマジ旨いんですけど。おう、柴田、野菜と米持ってきたぞ。やあ市川《いちかわ》ちゃん。まだこいつとつるんでるの」

ケーキを口に放り込み、セロハンをテーブルに投げ捨てると、あたしの肩を両手で揉《も》み始める。

「いいだだだ」

力が強い。柴田が立ち上がった。猿賀の手に柴田の手が重なる。振り向いた猿賀の顔に向かって、んちっとくしゃみを放った。

「配達ご苦労さん」

「お前、無駄にかわいいくしゃみだけど、やってることはサイテーだからな」

猿賀はあたしの肩から手を放し、顔を拭《ぬぐ》った。

柴田は彼を伴って出ていく。

柴田、明日はどこ行くんだ？　東白山台《ひがししろやまだい》のケヤキ公園だな。あの辺住宅街だったっけ。ああ。明後日は？　明後日は南部町《なんぶちょう》のスーパーの跡地。相変わらず地味なとこばっか行くねえ。人が住んでるからな。たまにはパッとするところも行けよ。行くよ来週、十和田《とわだ》だ。

翌週。

青空の下、十和田市の官庁通りは桜が満開だ。花は密集して咲き、風にもったりと揺れる。桜が一五〇本以上植わる通りは、ピンク色の靄《もや》がかかっているように見える。整備された広い歩道には馬の像が並び、水路を桜の花びらが流れていく。

人出はかなりのもので、それを当て込んだ露店も相当数。出店が許可された広場は大いに賑《にぎ》わっていた。

場所取りの予約をしていた一角に近づいていくと、隣のスペースにオレンジとチョコレート色のトラックが見えた。

「あれってヒグキッチンじゃない？」

「くそっまたかよ」

「また？」

「ここのところずっとだ。行く先々にいる。同じ場所ばかりじゃないが、とにかくすぐそばで営業される。おかげで商売にならない」

すでに行列ができている。

ヒグキッチンのリアドアから長身の男性が降りてきた。コックコートを着て、眼鏡をかけ、マスクをしている。堂々としたたたずまいでこっちを見ると、ニヤリとした。

キッチンカーを区画に収め、柴田は外に出た。

ヒグキッチンの男性は柴田を目で追っている。

不穏な空気に、あたしも急いで降りる。柴田がつっかかったりしようものなら止めねばならない。

「偶然ですね、柴田さん」

ヒグキッチンの男性の声は甲高《かんだか》く、鼻声だ。すごんでいるのかもしれないが、すごみになっていない。

二人が近づく。体つきで言えば柴田のほうが筋肉質だ。相手はひょろりとして筋っぽい。

「なんでオレの行く先々にいる?」

「あんたが追いかけてくるんでしょう?」

ニヤニヤして、柴田を上から下までなめるように見る。

「オレにお宅を追う理由があるとでも?」

ヒグキッチンの男性は肩をすくめた。一目でそれと分かるほどの作り笑いを浮かべる。

「柴田さん、仲よくやりましょう。昔は同僚だったんですから」


あたしたちは開店準備を始めた。消毒したり、調味料を並べたり、タペストリーを張り出したり、カウンターを出してヨーグルトケーキをかごに並べたり。

お客さんは来ることは来たが、ヒグキッチンには圧倒的な差をつけられている。向こうにはひっきりなしにお客さんが来ている。対してこっちはお客さんなしの時間が多い。

暇《ひま》な時間、あたしはカウンターやテーブルを磨く。どんどんピカピカになっていく。どんどん空《むな》しさが募《つの》る。

日差しが強くなってきた。あたしはカウンターの庇《ひさし》の下に避難してヒグキッチンの行列を眺めた。繁盛《はんじょう》しているのを見せつけられるのはつらい。だが、柴田はあたし以上につらいだろう。

ヒグキッチンのカウンターからさっきの男性がこっちを一瞥《いちべつ》して鼻で笑った。中指を立てなかったあたしには、いつの間にか忍耐力と寛容の精神が備わっていたのだと思う。それは柴田のおかげかもしれない。ありがとう柴田。

柴田が立て続けにくしゃみをした。

「大丈夫？　誰かに恨まれてるんじゃない？　それか、花粉症か」

「ヒグキッチンは前に勤めていたレストランだ」

柴田が呟《つぶや》いた。

「さっき声をかけてきたあいつ」

柴田が視線で示す男は、今お客さんから代金を受け取っている。

「あいつは樋口和也《ひぐちかずや》つって、オーナーの息子だ。シェフをしていた」

「同期なの？」

「あいつのほうが二期下」

あたしは車体に寄りかかって樋口さんとやらを眺めた。

代金をしまって洟《はな》をかむ。マスクをし直して手に消毒液をかけている。

彼の隣でおむすびを作る女性の手元も目に入る。プラスチックの型にせっせとご飯を押し込み、勢いよくひっくり返す。一気に三つできる。

「年に一度、社内で腕を競う大会があって、結果を出すと出世してくんだ。まあ、昇進試験みたいなもんだな」

「ライバルだったってこと？」

「オレはそういうふうには見てなかった。正直、他人のことなんてどうでもよかったな。旨いものを作れればそれで満足だった」

「あんたはそうかもね。でも、樋口さんはそうは思ってなかったかもよ。だって同じ厨房に立ってたんだから」

「さあな。ただ、オーナーの息子ってことで、プレッシャーはあったかもしれない」

「オーナーの息子さんなら、大会に出ても出なくてもとんとん拍子《びょうし》に出世できそうなものだけど、オーナーさんはひいきしなかったんだ」

「しなかった。そういうオーナーだからオレは専門校時代から数えれば……八年くらいになんのか、世話になれたんだ」

「そっか。上がしっかりしてんだ。そりゃあ、事業も広げていけるよね」

「前に猿賀が言っていた『新規事業を任せられてる』ってのはキッチンカーのことだったんだな」

　柴田は腑《ふ》に落ちた顔をした。

「ひょっとして、樋口さんたちはこっちのＳＮＳをチェックしてるんじゃない？　そうじゃなきゃそんなに鉢合わせるってことはないでしょう？　それか、まさかとは思うけど場所のオーナーとか主催者がもらしてるってことは」

「それは考えにくい。こういうイベントならいざ知らず、軒先を借りるような販売場所は前からのつき合いがあって信用も義理も互いにあるからな。まあ、新規の場所のオーナーには、それは見込めないが。オーナーが別なら、場所が近隣でも、他人の敷地でどんな店がいつ商売しようと、普通は関知しないだろ」

またお客さんがヒグキッチンへ足を向ける。やはり大きなレストランの看板は客を呼ぶ。このままじゃ、どんどんお客さんを取られてしまう。今だけじゃない。これから先もだ。一から切り開いてきた商売場所が奪われていくだろう。

SNSやめる？　とあたしは問う。

「あ、でもそれじゃあ、集客が……」

「それなんだが、SNSばかりじゃない気がする」

「どういうこと？」

「SNSは前日に流してる。移動販売の場所取りは、前日の交渉に応じてくれることは稀《まれ》だ。オレみたいになじみになってくれれば飛び込みもあり得るが、たいていは交渉から場所を貸してもらえるまで数日から一月《ひとつき》はかかる。名が知れてるヒグキッチンとはいえ、前日に申し込んでおいそれと受け入れてもらえるかどうか」

お客さんが来た。あたしたちは話を切り上げる。貴重なお客さんはシソとアジの南蛮漬《なんばんづ》けおむすびと、カップケーキを買ってくれた。

それからまた、客足は遠のいた。

暇すぎて、あたしは「前にキッチンカーを始めることにした理由を聞いたことがあったよね」と柴田に話を振った。何しろ、磨くべきところはすり切れるほど磨ききり、あとは何もすることがないのだ。せいぜい車体に寄りかかって腕組みをして、ただひたすら足を組み替えているだけだ。このままでは、通り過ぎる人たちにコサックダンスの練習かと思われてしまうだろう。

「店まで来られない人に、すぐに食べられるものを提供したかったって言ったけど、そう考えるきっかけがあったの？」

「ああ」

柴田は話をまとめるような間を置いたあとで口を開いた。

「オレが専門校を卒業しようかっていう矢先、じいさんが入院したんだ。まあ、それで食堂を閉めたんだけどな。じいさんに病院食は口に合わなかったみたいで、ばあちゃんの飯を食いたがった。差し入れしたんだけど、できたてじゃないってことで、いい顔をしなかった。面倒くせぇじじいだと思ったよ」

「入院中は、食事が楽しみって聞くもんね」

「らしいな。同じ部屋の患者も、そう口を揃《そろ》えてた」

「味が濃いものとか、油の多いものとか食べたくなるんでしょ？」

「その部屋の患者は、うちのじいさんを含めてどっちかっつーと、いつも食ってきたものを欲《ほっ》した。なじんだ飯を家にいた時と同じように、できたてで食いたいって。けど、たいていは希望がかなわないまま、一人二人と欠けていった。じいさんは空《から》っぽになったベッドを見つめていた」

柴田はくしゃみをして、それから鼻声で続けた。

「意識がぼんやりしたり、覚醒したりを繰り返すようになると、医者は好きなものを食わせてやれと言った。それでキッチンつきの個室に移して、オレとばあちゃんでじいさんが好きなものを作った。せんべい汁と梅のおむすびだ。おむすびはちっこいやつ。飯を残すのを嫌った人だったから、食べきれる大きさがいいと思ったんだ。ほとんど内臓が動いてなかったのに、あの食い意地の張ったじじいは食いきったよ。んで、どうだ、と言わんばかりの顔をオレに向けた。少なめに作ったから完食できただけなんだけど、じいさんは、オレはまだまだ生きるぞって宣言したんだ」

柴田はまた、んちっと一発放ち、ティッシュを取るとマスクをずらして洟をかんだ。ティッシュをごみ箱に捨てる。マスクを直す。

「だが、その日遅くに容体《ようだい》が悪化した。最後は苦しまなかった。何て言うか、氷がとけるようにとでも言ったらいいのか、そういう感じだった」

「最後に食べたのが、孫と奥さんが作ったできたての好物だったんだね。だったらおじいさんは最後まで自信と希望を持ち続けられたわけだ」

柴田はあたしをじっと見た。

あたしは柴田を見つめた。胸が音を立てている。

柴田は炊飯器の辺りに目を移した。

「飯ってのは、そういうもんだと、じいさんから教わった。店に来られない人だっている。それならこっちから行けばいいと思ったんだ。それが動機」

「じゃあ、おむすび屋さんをやろうと思ったのはなんで?」

「おむすびって茶碗で食べるより旨くて手軽だろ。茶碗も箸《はし》も持てなくたって食える。具によっては、少しの量でも栄養バランスが整うし」

「そっか。弱ってる人とか食欲がない人にもいいね。愛情も感じられるし」

それはあたしにとって結構重要だ。

ヒグキッチンからスパイシーな香りが流れてくる。

おむすびをかじりながらあたしたちの前を通り過ぎるカップル。

ヒグキッチンのリアドアの前に段ボール箱が無造作に重ねられているのが見える。野菜の段ボール箱だ。ああいうの片づけたほうがいいのに、と倉庫番としては気になる。段ボール箱には緑色で文字が書かれてある。

目を凝《こ》らしてヒヤリとした。

『猿賀ふぁ〜む』

そういえば先週、ここで店をやることを猿賀には伝えていたんじゃなかったか。

嫌な予感がする。

「柴田、よそに行かない？」

あたしはそう提案した。柴田が怪訝《けげん》な顔を向けてくる。

「いくら場所を取ったからって、何もこの場所に居続けなきゃならないってわけじゃない。お客さんは他にもいる」

会社を去っていった祐実《ゆみ》先輩の姿が脳裏に浮かんでいた。ある一つの場所に何が何でも固執《こしつ》しなくたっていいのだ。勝算のある場所で勝負すればいいのだ。

「悔しいけどここでこうしていたって売り上げは伸びないよ。だったら割り切ってよそへ行こう。柴田のおいしいおむすびをまだ食べたことがない人がたくさんいる。ま、あたしのキュートで華やかで超おいしいヨーグルトケーキもしかりだけど」

最後のほう、胸を張ると、柴田はあたしを見て、それから少し視線を下げた。カンナでもかけたみたいに平らだな、と呟く。

「何か言った？」

「別に」

柴田がキッチン内を片づけ始めた。

ムカつく一言だったが、意見を取り入れてくれた嬉しさを損《そこ》いまではしない。誇らしくてあたしもせっせと片づけを手伝う。

「あれ、どうしたんです？　店じまいですか？」

樋口さんがコックコートのポケットに片手を引っかけてやってきた。ただし、トラックとは距離を保った辺りで足を止めた。そこからこっちには近づいてこない。

「出店料がかかってるんですから、最後まで残っていたほうがいいんじゃないです？」

挑発してくる。鼻を啜りながら。

柴田は手を止めてしみじみと樋口さんを眺めた。その眼差《まなざ》しはひっそりと静か。

柴田に見据えられると、樋口さんは口を噤《つぐ》み、真顔になって柴田を見上げた。

柴田はおもむろに手袋をすると、タッパーを取り出した。ふたをめりめりと剝《は》がす。炊飯器からご飯を手のひらに受け、タッパーのシソとアジの南蛮漬けを具にして握った。あたしはその様子を見守り、樋口さんは注視している。

柴田は海苔《のり》を巻いてパックに詰めると、「ほら」と樋口さんへ向かって差し出した。

樋口さんの顔に明らかな当惑《とうわく》が表れる。

「忙しくて賄《まかな》い用意できねえだろ。オレたちの相手をしてる時間があるなら飯を食え」

あたしは柴田の手からパックを取り、樋口さんへ差し出す。

樋口さんはパックと柴田の間で視線を往復させた。それから注意深く腕を伸ばしてパックを手に取った。

あたしたちが店じまいするのを樋口さんは、パックを手にしたまま突っ立って見ていた。

タイヤの下から輪止めを取って助手席に乗り込みシートベルトを締めると、樋口さんが運転席に近づいてきた。あんなに距離を取っていたのに。

柴田が窓を下げた。

「柴田さん、変わりましたね」

樋口さんは嘲笑《ちようしよう》の色を残しながらも、怒りのような苦しみのような感情が入り交じった複雑な顔をした。

「昔は料理と食事する時以外、顔面どうなってんだっつーほど仏頂面《ぶつちようづら》で、口を利《き》いたら損すると思ってるんじゃねえかってくらいぶっきらぼうで、口数も少なかったのに」

柴田越しに、彼はチラッとあたしを見た。あたしは負けてはならじと目に力を込めて見返す。

「だけど、これだけは変わりませんね」

樋口さんがパックを持ち上げた。「人の飯を心配するところ」

柴田は何も言わない。樋口さんが下がって運転席の脇から離れると、窓を上げた。トラックが発進する。

サイドミラーに映る樋口さんが小さくなる。

角を曲がって完全に見えなくなった。


正午を回った十和田市内を流し、中心部から離れ、商店やコンビニがない地域を探す。十和田市は広々と平らな土地で、田んぼが広がる。遠くまで視界が開けていて空と田んぼがつながっている。

その中で広い砂利敷きの駐車場を有する、大きな民家に目をつけた。敷地内にはトタン張りの小屋が二棟《ふたむね》建っていて農機具が収まっていた。

敷地の前にキッチンカーをとめ、あたしたちは奥の母屋《おもや》に向かう。インターホンを鳴らして少し待つ。

姿は見えないが犬が吠えている。廃品回収車がスピーカーでアナウンスを流しながら背後をとろとろと通り過ぎていく。

首に信用組合のタオルを巻いた老人が出てきた。

硬い表情で自分たちのことを説明する柴田の隣で、あたしは精いっぱいの笑顔を作る。最後に二人で頭を下げた。

家主《やぬし》は、この辺は近くに店がねえすけ、来てくれて助かるよ、と顔をほころばせ近所に声までかけてくれた。

やってきたお客さんは、手作りのおむすびが食べたいという一人暮らしの男性や、ご飯を炊き忘れたという女性、疲れて何も準備したくないという男性、買いものに行く時間がないという赤ちゃんを抱いた女性、シニアカーに乗った老人、サッカーボールを抱えた子どもたち……。リクエストに応《こた》えて作ると、とても喜ばれ、また来てよと請《こ》われた。

試食してもらったヨーグルトケーキも売れていく。

あらかた客が引くと、あたしは家主に次の場所の紹介を頼んだ。それを、片づけ作業中の柴田が呆気《あっけ》に取られて見ていたので、「何」と問えば、「抜け目がねえな」と言った。

あたしは腰に手を当てて、目を眇《すが》める。

「文句があるなら聞くけど？」

てっきり反発されるものだと思っていたあたしはポカンとした。柴田はさっさと運転席に乗り込む。

「いや、頼もしいよ」

柴田を目で追いながら頬が緩んでくる。

「行くぞ、乗れ」

運転席から手招きする。あたしは小走りで助手席に乗り込んだ。

日が傾きかけた頃には材料は空っぽになり、トラックもあたしの気持ちも軽くなって八戸《はちのへ》に帰ってきた。

柴田がキッチンカーを掃除し、あたしは調理器具などを厨房へと運ぶ。厨房とキッチンカーを往復する回数が少なくて、ありがたさと充実感に満たされる。

「遅かったね。何かあったかい？」

佐和ばあがニヤリとした。あたしもニヤリと返し、空っぽの炊飯釜とかごを見せる。

「売れました。完売です。梅干しも空ですよ」

「おや。よくやったことぉ！　あたしも張り合いが出るよ」

佐和ばあが顔を輝かせる。

「腹ぁ減ったべ。まんまの支度するすけな」

佐和ばあはいそいそと腕まくりをした。

あたしは調理器具の洗浄をしていく。疲れた。いい疲れだ。

たとえばヒグキッチンがあの広場にいなくて、あたしたちがあのままあそこで商売を続けていたら、もっと短時間で売り切ったかもしれないが、助かるとか、また来てよと言われる喜びは味わえなかっただろう。

「十和田の花はどんだった？」

「とってもきれいでした。今年初のお花見になりました」

「花見は職場でもやるべ？　それとも今の時代はやんねもんだかな？」

「やることはやるんですが、あたしはちょっと遠慮してまして」

会社でもお花見の会はあるが、参加したのは入社後すぐだけだ。それ以降は参加していないし、そもそもその花見だって、前段階の歓迎会でのやらかしがあったからなのか、誘われたわけじゃなかった。

「だども、お客さんとやり取りしながらだば、堪能《たんのう》できねかったんでないの？」

「そんなことないですよ。いいところに連れていってもらえました。今度、佐和ばあも行きましょう」

「あたしは町内会のお花見があるんだよ。今から何を着ていくか楽しみさすてんだ」

ほっぺたを赤くして嬉しそうにしている。

「佐和ばあ、花に勝っちゃだめですよ」

あたしはそう言って、二人で笑った。

表でクラクションが鳴った。

「毎度ー」

猿賀だ。

あたしは手の泡を洗い流すと表に出た。

軽トラのヘッドライトが闇を切り裂いてキッチンカーの横っ腹に当てられている。猿賀が荷台から段ボール箱を柴田に手渡し、柴田は地面に置いているところだった。そうやって下ろされた段ボール箱が積み重ねられている。

「おお、市川ちゃん元気？　まだこの男とつるんでるの？」

あたしに気づいた猿賀が陽気に声をかけてきた。

あたしは声を改めて、こんばんはと応じる。柴田に視線を移す。

柴田が段ボール箱を渡してきた。緑色の文字で『猿賀ふぁ〜む』と書かれてある。葉物野菜が入っていた。

「これで最後か」

柴田が猿賀に確認する。ああ、と猿賀が答えて荷台から飛び降り、地面に下ろした箱を抱えようとした。

「どれ、店の中に運ぶか」

「いやいい。オレたちで運ぶ」

いつにも増して柴田の声は硬い。

猿賀の下まぶたがピクリと緊張したように見えた。段ボール箱から手を放して身を起こす。

「……来週はどこへ行くんだ？」

領収書を切りながら猿賀がたずねる。

柴田は受け取ってヘッドライトの明かりで確かめると、猿賀をじっと見据えた。

「まだ考えていない」

目を離さない柴田を前に、猿賀は「バレたか」と薄《うっす》らと笑った。大きな八重歯《やえば》が剝《む》き出しになってそこだけやたら艶々《つやつや》と光る。

「いや〜、バレたかバレちゃったか。そうかそうか。悪く思うなよこっちも商売だ。ヒグキッチンには恩を売っといたほうがいいからな。何だ柴田、うちとの取引をやめるか？」

柴田は少し間を置いた。

「それはそれ、これはこれだ。お前んとこの野菜と米は質がいいから続けたい」

猿賀はちょっと顔を強張らせたが、「割り切った考えを持ってくれていて助かるよ」とへらへら笑い、さっさと運転席に乗り込む。

こちらを一瞥することなく軽トラは駐車場から出ていった。

エンジン音が遠ざかって闇にとけて消えると、柴田は深呼吸した。段ボール箱を店舗へ運んでいく。何も言わない。

小学校時代からの友人に裏切られたのに、ショックじゃないのだろうか。そのそぶりがない。

――頼れるのは自分だけなんだから、自分がしっかりしねえと――。

そう言っていた時の柴田の声が耳によみがえってきた。

誰も信用してないんだろうか。

だとしたら。

あたしのことも信用してないんだろうか。

あたしがいなくたって商売を回していけるとも言ってたし。そしてそれは確かにそうだ。

胸がひんやりしていく。

　あたしを信用するしないは柴田の自由だが、あたしに裏切るつもりがないことくらいは知ってほしい。だが、どう言えばいいのかも分からないし、伝えるタイミングも計りかねて、あたしは、ただ柴田の背を目で追うばかり。

　野菜を運び込んだ柴田が戻ってきた。店舗の明かりを背負っていて、表情が見えない。あたしは言いだせないまま、目に入った最後の段ボール箱を抱えた。重いだろうと覚悟して抱え上げたら予想外に軽く、尻もちをつく。

　柴田に雑な手つきで腕を取られ、引き上げられた。

「何やってんだよ」

　その声には揶揄《やゆ》するような響きが含まれていた。いつもの憎たらしさが戻ってきて、あたしは気持ちが軽くなる。今なら口だって軽くなっているだろう。

「頼れるのは自分だけっていうのは、まったくもってその通りなんでしょうよ。あたしがいなくたって商売を回していけるってのもそうなんでしょう」

　あたしが言うと、柴田は首を傾《かし》げた。

「あたしだって、頼りにされたいとか、あたしがいなくちゃ、なんて、そこまで思わないよ。だけど、裏切るような真似だけはしない」

　腕をつかんでいる柴田の手は関節が浮き出て、甲にまっすぐな骨の線が走っている。小学生の頃のぷよぷよした手は、今や面影《おもかげ》すらない。そこに何故だか、千代《ちよ》さんの手が重なる。柴田が好きな手だと言った千代さんの手とは全然違うのに。

「昔、給食を食べてくれたからとか、今、ご飯食べさせてくれるからとか、お菓子を販売させてもらってるからとか、そういうのじゃない。そういうのがなくても――」

どういう手だろうと――。

あたしは顔を上げた。

あたしは好きだ。

「とにかくあたしはあんたを裏切ったりしない」

逆光で柴田の表情は見えない。

柴田が静かに呼吸する。別に市川がいなくても回る、商売はな、と呟いた。

強く腕をつかみ直された。

「けど。いてくれ」

静かで穏やかな口ぶりだった。

腕が解放される。温かな血が巡りだした。

柴田は、あたしが運ぶつもりだった段ボール箱を抱えると、明るい店内へ向かった。

あたしは深く呼吸すると、その後を追った。

厨房は、カレーの香りで満たされていた。佐和ばあが大きな鍋をかき混ぜている。

柴田が外へ出ていく。キッチンカーの掃除が残っているのだ。

あたしは厨房に残って調理器具を洗う。

佐和ばあが背中で「何かあったね」と言った。

「少しくらい何かあったほうがいいおんな」

何とも返答できずにいると、

「それが次の何かのきっかけさなるんだすけ」

と、言った。

「次のきっかけ……？」

「んだ。拓海が料理ば始めたきっかけ、知ってらど？」

「家庭科の授業がきっかけだと聞きました」

「それもある。だどもそれだけではね」

佐和ばあの話を聞いているうちにカレーができあがった。柴田を呼びに駐車場へ出る。

柴田はキッチンカーの床に黙々とモップをかけていた。

「柴田、夕飯。カレーだよ」

リアドアから、柴田の背中に向かって教える。柴田が振り返って口元をゆがめる。

「ああ、ばあちゃんの得意料理だ。アジとシソのカレー。ヨーグルトソースを最後にかける」


その日の八戸市は見事な夕焼けに染まっていた。

市内の住宅街で販売したのだが、ヒグキッチンとはかち合わなかった。

「ぶつけてくるのやめたのかな」

「どうだろうな。けど、商売ってことを考えると、一概《いちがい》に文句もつけられねえよ」

「そっか」

「まあオレはあのやり方は選ばねえけど」

「うん、それがいいね」

キッチンカー「&」は「食堂しばた」へと続く国道とは別のルートに乗った。どこへ行くのかと不思議に思っていると川沿いの公園へ辿り着いた。

植わる桜は、葉桜になりかけている。芝生を花びらが埋め尽くし、シャンパンゴールドの夕日に照らされ、得《え》も言われぬほど絢爛《けんらん》だ。

シーズンが終わりかけだからか、人の姿は少ない。犬の散歩をしている人とジョギングしている人がいるきりで、静かで安らかだ。

「まだ商売するの？」

「いや。もう今日は終わり。花見だ」

「花見」

あたしはまばたきをした。

この間の、佐和ばあとの花見の会話を覚えていて、連れてきてくれたんだろうか。何だよ、と柴田が、おなじみのデフォルトの表情で言う。覚えていようはずもないし、わざわざ連れてきてくれたとは思えそうにもないご面相だ。

「ごめん、一瞬思い上がりました」

「？」

あたしたちはお惣菜《そうざい》のタッパーとおむすびのパックを手に園内に入り、広いテーブルに並べた。

そばの桜は五分散りといったくらいだ。木によって散る早さは違う。

花見というわりに、柴田は桜に目もくれず、モリモリ食べ始めた。

一日中、他人様《ひとさま》の食事を作ってきて、途中ほとんど何もお腹《なか》に入れていなかったのだ。

この間、カレーを作りながら佐和ばあが話してくれた、柴田が料理を始めたきっかけを思い出した。

「拓海はしょっちゅう学校が終わるとうちに来てたんだけんど、ある日帰ってくるなり、『ばあちゃん、旨いレバニラ教えて』って言ってきたんだ」

「レバニラ……？」

「んだ。藪《やぶ》から棒にどうしたねって聞くと、家庭科で自分が作ったレバニラば食べねかった子がいたんだって、悔しそうな顔したんだ。いつか絶対食わせてやるって息巻いてさ」

くっくっくと佐和ばあが肩を揺すった。

心当たりのあるエピソードだ。

「あの時の悔しさが、料理ばやるきっかけさなったんだべ。レバニラの子がきっかけをくれたんだ」

「きっかけをくれたのはその子かもしれませんが、きっかけにしたのは拓海さんです。悔しさをきっかけにしてもいいし、無視してもよかったのに、拓海さんは前者を選んだんです」

言いながら、あたし自身も柴田にちょっと似てると思った。あたしは学生時代にお菓子作りを始めたのだが、それは小食のコンプレックスがきっかけだ。中断していたが、時を経《へ》て、今度は柴田の助言を機に再開し、今はこうして移動販売までするに至っている。

佐和ばあが、相好《そうごう》を崩し、うんうんと頷いた。

「きっかけになったその子は、拓海が言うには、涙目になるほど無理矢理口さ詰め込んでたそうだよ。ほっぺたがパンパンに膨《ふく》れてハムスターの頰袋みてだったって。その顔がおかしくてたまらなかったって大笑いしてた」

「ハムスターの頰袋……」

——ハムスターみてぇになってるぞ、ブス——。

確かにそうこき下ろされた。

あたしはガラス戸越しに、キッチンカーを磨いている柴田を渾身《こんしん》の力でにらみつける。

「どんな子か聞いたさ」

「ハムスターみたいな頰袋を持ったブス、とでもこき下ろしたんじゃないですか」

「うんにゃ。『しょっちゅう、ありがとうって言ってる子』」

そうだっけ。意識したことはなかった。

「拓海が言うにはその子はね、再会した時もキッチンカーの周りのゴミば拾ったり、お客さんの子どもばあやしたりして、前と変わってねかったそうだよ。あんまり現場のこと言う子じゃねえけど、それだけはあたしさ言ってきたっけねえ」

佐和ばあが目を細めた。

あいつ、見てたのか。

「レバニラの出来事があってからは、厨房の手伝いばするようになったね。自分で作ったものを家に持って帰ってふるまっていたようだよ」

「ご家族は喜んだでしょうね」

「んだな。『上手だ』『おいしい』って褒《ほ》めてくれるし、『ありがとう』って感謝もしてくれるって嬉しそうにしてたらったよ」

ほがらかに話していた佐和ばあが、すっと顔を陰らせた。

「息子夫婦は忙しかったすけよ。しかも拓海は真ん中の子で、優秀な上の子と愛嬌《あいきょう》のいい下の子にはさまれて、あの子はあまりかまわれてねかったんだ。大きくなるにつれて拓海はどんどん不愛想になっていったっけ。あの子は何も言わねったって、家にゃ、居場所がなかったのかもしんねぇね。だども、料理ばやるようになってからは、笑顔を見せるようになっていったね。褒められたり感謝されたりして、人ば喜ばせるってことを知ったすけだごった。自分の居場所ば見つけたんだべ。それも元は、レバニラの子がきっかけだったんだねえ」

あの日の佐和ばあの話を思い出し、ピンク色を濃くした桜を背にお惣菜を食べる柴田を眺める。

よく食べる柴田につられるように、あたしもおむすびをほおばる。レバーの唐揚げに、甘辛《あまから》いたれが絡《から》んでいる。かみ締め味わう。

「相変わらず臭《くさ》みがなくて、食べやすいな。食べる人のこと考えてるんだね」

「まあな」

そよそよと風が吹き、桜を揺らす。残りの花びらが舞い上がる。桜の香りがするやわらかな風が首筋をなでていく。光景も、香りも、感触も全てが安らかすぎて泣きそうになる。

あたしは空を仰《あお》いで深呼吸する。

「そういえば、もうすぐ『＆』は開業一周年だね。おめでとう」

あたしは珈琲《コーヒー》カップを掲《かか》げる。

柴田は自分の珈琲カップを持ち上げて、あたしのカップと触れ合わせた。それから残り数個のヨーグルトケーキを平らげた。


市川、ちょっといいかと配送課長に声をかけられたのは、終業のタイムカードを押しに課のフロアに行った時だった。

課長の声音から、いい話ではなさそうだということは察せた。キッチンカーを手伝っていることに言及されるか。ひょっとしてあれは副業になるのか。お金をいただいているので、副業っちゃあ副業だがこの会社は副業を禁止していないはずだ。もしかして商品課に警報器の入荷を提案した件を根に持っていて、今さら横槍を入れるつもりとか、または、就業中のちょこちょこ食いの件とか……考えていくと煩悩《ぼんのう》の数ほど心当たりがありすぎる。

「異動の話があるんだが」

「はい？」

課長が机の上に辞令を滑らせた。

「商品課の新しい課長からのご指名だ。一人減ってる状態で、人手不足だそうだ」

新年度になってからの異動は、うちの社ではよくあることだ。足りなければその都度、補充するというやり方をしている。

えー、やだ。配送課のままがいい。長いことやってきて、仕事の要領も分かっているのだから。

「どうしてあたしなんでしょう」

「ほら、君が提案した警報装置。あれが売れてるらしいのよ。それでバイヤーが推薦したというわけだ」

「警報器が売れたのはたまたまですよ。あたしに商品課が勤まるかどうか」

「やってみなきゃ分からんでしょ」

課長は他人事のお手本のようなことを言う。

「でも、あたしが異動したら倉庫番は……」

「あ〜、課の誰かに行ってもらうよ。誰でもできるんだし」

自分の仕事を誰でもできると言い放たれてカチンときた。

あたしは辞令を手に取った。

「分かりました。商品課へ行きます」

「そうそれがいい。これも一つのきっかけだ」

「きっかけ」

「いろんな課を回ってみるのも勉強になるぞ」

課長の言いかたには腹が立ったけど、確かに別の課で積む経験は、この先必要になってくるかもしれない。

違う流れが目の前にやってきたら、よほどじゃない限り乗ったほうがいいだろう。あとで「あの時のあれがきっかけだったのか」ということにならないとも限らないのだから。

桜は、若葉に衣替《ころもが》えをし、透明感のある緑色の木漏《こも》れ日がキッチンカーを彩って揺れている。

日差しはやわらかく、街路樹は瑞々《みずみず》しく輝き、マンションの花壇では色とりどりの花が風に揺れていた。

柴田はゴーグルとマスクからようやく解放され、デフォルトの不機嫌顔が丸出しになっている。

お客さんを待つ間、ＳＮＳをチェックした。

アンチコメントが来ている。

「味が薄い」「味が濃い」「女性店員が好みじゃない」好みじゃない……？　「出没が不定期」というのはまあ、そうですか参考にします、と思えるけど……女性店員が好みじゃない……？　覚えてろよと思いつつも今はまあいいとして、「店主、〇人やってそうｗｗｗ」「仕事中に水飲んでた、信じられない」というのは何なんだ。あたしはブンと頬を膨らませて、返事を力強く入力し始めた。

『お言葉を返すようですが、店主は人殺しはしてません。ただ忠告しておきますが、当店主の魚の捌《さば》き方は目を見張るものがあり』

「おい、そこのハムスター。そんなもんに反応すんなよ？」

どこぞのハムスターがそう苦言を呈《てい》された。幸いにもあたしはハムスターではないので入力を続ける。

「市川。やめとけって。相手にするな」

　あたしはカウンターの外からキッチンの柴田を見上げる。

「こんな理不尽《りふじん》な攻撃を本気にして、新規のお客さんが来なくなったらどうするの」

「何を参考にして店を選ぶかは、その人の自由だ。そういう人はそれでいい」

「は？」

「それに、その情報をどう捉《とら》えるかもその人の自由だ。『ここまで悪し様《あざま》に言われる店とは』って興味が湧いて来店して、まんまと固定客になる場合だって今までにもあった」

「まんまと……ご飯だけに」

　柴田はあたしの渾身《こんしん》のダジャレをしっかりシカトした。

「いいか。オレたちの仕事は飯を提供すること。訳の分からないアンチを相手にするのはオレたちの仕事じゃない。大体、まともな飯を作ってたら客が離れることはないんだ」

「自信まんまんだわ」

「自信まんまんじゃなけりゃ独立なんかしてない、飯屋だけに」

　あたしは笑った。

　メニューを見ているお父さんらしき人に抱っこされた赤ん坊が、仏頂面の柴田を凝視《ぎょうし》していることに気づいた。これほどまでの仏頂面が珍しいのかもしれない。

あたしは柴田に告げる。

「柴田笑顔」

「お手」と命じられた柴犬が反射的に前足を出すように、柴田が顔をゆがめる。赤ん坊が火がついたように泣きだした。お父さんが慌《あわ》ててあやす。

「柴田、ごめん。あたしが悪かった。あんたは笑顔にならなくていいよ。あたしがカバーする」

「笑顔になれって言ったり、ならなくていいって言ったり、なんなんだ」

「人には向き不向きがあるって悟りました」

あたしはお父さんと一緒になって赤ん坊をあやし、注文を承《うけたまわ》り、柴田に通した。

お客さんがぽちぽちやってくる。

企業の制服を着た女性二人組がやってきた。

「こんにちは。今日はご近所さん、連れてきましたー」

「この間おすそ分けにあずかって、とてもおいしかったから連れてきてもらいました」

ご新規さんだ。

「ありがとうございます。いらっしゃいませ」

あたしは柴田を振り向く。散歩中の柴犬みたいな顔で調理をしていて、こっちには無頓《むとん》着《じゃく》だ。

新規のお客さんの中には、ＳＮＳを見たという人もちらほらいる。店主がどれだけ不愛想なのかこの目で見てみたかったと話す若い女性たちもいる。注文待ちの柴田を見て、確かに不愛想だ、不愛想が極まっていると納得し、調理に入った柴田を見て、ヤバ可愛い何あれめっちゃ可愛い「お手」って言ったらお手しそうと盛り上がり、写真を撮っている。

おむすびができあがる。

「お待たせいたしました。カルシウムたっぷりジャコのおむすび二つです」

あたしは杖《つえ》をついたおじいさんに渡す。

「ありがとう。ここまで来てけで助かるよ。この間ここさ来た別のおむすび屋はシャレてたんだけンど口さ合わなくってねぇ。オラはよく知ってる味のほうがいいな」

「んだ。昔っから食ってきたもんば買ってしまうもんだね。安心すんだもの」

と、同意するのはシニアカーに座ってシジミの佃煮おむすびを待つおばあちゃん。さっきまでうつらうつらしていたが起きてくれた。

「うっめぼし、うっめぼし」

女児がジャンプする。頭のてっぺんの髪の毛がやわらかく跳ねる。以前、ヨーグルトケーキの上に乗った桜を本物かどうか確認してきた女の子だ。

静かにするよう窘《たしな》めた母親がお財布を出しながら、

「梅のおむすびを二つください。この子、この間いただいたおむすびに、本物の梅が入ってるって大興奮してぺろりと食べたんです」

と顔をクシャリとさせる。

「それと、ケーキも。五つください」

「ケーキッケーキ」

と女児が跳ねる。まだヨーグルトが入っているとはバレていないようだ。

おむすびとヨーグルトケーキを渡し、代金をいただく。

「ありがとうございます」

「こちらこそありがとうございます」

母子《おやこ》が手をつないで帰っていくのを見送る。

午後に差しかかる日差しは薄く色づき、二人を包んでいる。女児が、あたしが持つーと紙袋に手を伸ばす。母親が、じゃあお願いねしっかり持ってねと渡す。

あの子は、大きくなったら黄色いキッチンカーでお母さんとおむすびを選んだことを思い出すかな。ヨーグルトを食べられるようになった経緯《いきさつ》を知ったら、どういう反応をするだろう。

女児の手の中で大きく見える紙袋が弾《はず》んで、その日差しを反射していた。

「柴田、ありがとう」

「何が」

「キッチンカーに誘ってくれて」

柴田がわずかに目元を緩めたように見えたが、気のせいかもしれない。

そのまま柴田は通りへ視線を投げた。

「お客さんだ」

カップルがやってくる。

あたしは彼らに笑顔を向けた。

「いらっしゃいませ！」

※この作品はフィクションです。実在の人物・団体・事件などにはいっさい関係ありません。

集英社オレンジ文庫をお買い上げいただき、ありがとうございます。
ご意見・ご感想をお待ちしております。

● あて先
〒101-8050　東京都千代田区一ツ橋2-5-10
集英社オレンジ文庫編集部 気付
髙森美由紀先生

養生おむすび「&」
初めましての具材は、シャモロックの梅しぐれ煮

集英社
オレンジ文庫

2023年7月25日　第1刷発行

著　者　髙森美由紀
発行者　今井孝昭
発行所　株式会社集英社
〒101-8050東京都千代田区一ツ橋2-5-10
電話【編集部】03-3230-6352
【読者係】03-3230-6080
【販売部】03-3230-6393（書店専用）
印刷所　凸版印刷株式会社

ISBN 978-4-08-680513-1 C0193